旅行中的生死课

陆晓娅 著

GUANGXI NORMAL UNIVERSITY PRESS
广西师范大学出版社
· 桂林 ·

LÜXING ZHONG DE SHENGSIKE
旅行中的生死课

图书在版编目（CIP）数据

旅行中的生死课 / 陆晓娅著. --桂林：广西师范大学出版社，
2022.11

ISBN 978-7-5598-5300-4

Ⅰ．①旅… Ⅱ．①陆… Ⅲ．①随笔－作品集－中国－当代
Ⅳ．①I267.1

中国版本图书馆 CIP 数据核字（2022）第 153217 号

广西师范大学出版社出版发行

（广西桂林市五里店路 9 号　　邮政编码：541004）
（网址：http://www.bbtpress.com）

出版人：黄轩庄

全国新华书店经销

广西广大印务有限责任公司印刷

（桂林市临桂区秧塘工业园西城大道北侧广西师范大学出版社
集团有限公司创意产业园内　邮政编码：541199）

开本：880 mm × 1 240 mm　　1/32

印张：7.875　　　图：92 幅　　　字数：200 千字

2022 年 11 月第 1 版　　2022 年 11 月第 1 次印刷

定价：78.00 元

如发现印装质量问题，影响阅读，请与出版社发行部门联系调换。

献给所有用死亡启迪了我的人

也献给所有激发我更加热爱生命的人

目录

钱理群

学者、北京大学教授

陆晓娅称自己为一个生死学的探索者，她在60岁时开始出国旅行。这本《旅行中的生死课》，记录了她在旅程中对生死的观察与思考，其所提出的"生活意义的思考与追求"，如何在老年"重新建构"自己的精神世界和生命过程，如何使"生"与"死"的"过渡"变成"一段精彩而非乏味的旅程"，都极具启发性。

敬一丹 中央电视台主持人

生死，常常是沉重的话题，而在旅行中与生死相遇，在旅行中思索生死，却有了别样的意味。我在晓娅的文字里，感受到从容、坦然和洒脱。

序言

2013 年，60 岁生日那天，我对年轻的伙伴们说"拜拜啦"，之后不再到北京歌路营上班，它是我退休后和朋友创办的一个教育公益机构。

妈妈的认知症已经到了中期，我得用更多时间来陪伴她、照顾她。

我的"影像中的生死学"课，已成为北师大最受学生欢迎的"秒选课"之一。大学老师们希望我能分享自己的教学理念和方法，于是我会飞到不同的城市去举办工作坊。

但是，内心深处有个声音变得越来越响亮：趁着还走得动，去看看世界吧！

2014 年 1 月，从没有语言障碍的台湾开始，我每年会出境旅行两到三次，大多是和朋友结伴自由行。

2016 年年底，以 20 世纪 70 年代英语广播讲座初级班为起点，我开始学英语。到 2019 年，我终于敢一个人出国旅行了。一门新的课程"自助旅行与自我成长"又为大学生开设出来……

我常常做旅行的梦，有时是在机场换乘，有时是提着行李赶火车，有时坐汽车在山路上盘桓，有时在湖边、海边徒步……

这些梦多多少少都带点焦虑，我常常把它们记下来自我分析。我发现，这些焦虑和我的年龄有关：虽然越来越老，我的好奇心却越来越强；虽然两次退休后时间在自己手里掌控，但想做的事情总也做不完。和许多人涣散的人生相比，我好像已经活了两辈子，可活在这个世界上，怎么老有那么多有意思且有意义的事儿可以做呢？

在中学当老师的时候，如果假期不出去旅行，我就无法从一个学期工作的疲惫中走出，因此也就未曾真正拥有那个假期。改革开放后，通过公开招聘考试，我进了中国青年报社，当时觉得这份工作能让我去到不同的地方。果然，后来借着采访之机，我基本上跑遍了全国。但有些机会，比如两次西藏采访、二上喀喇昆仑山和穿越塔克拉玛干沙漠，可不是天上掉下的馅饼，都是我经过一番"努力"才得到的。

现在，年过花甲的我，又成了一个奇怪的旅行者：看美景吃美食的所谓"旅游"显然不能满足我，我期待的是旅行中发生更多的事情，它们能让我惊喜、感动、兴奋、悲伤、怅惘、迷惑、战栗……我知道我并非典型意义上的"花甲背包客"，我更希望在旅途中进行探索，有所发现，让自己心跳加快，甚至眼含热泪。

在白骨嶙峋的古代文明遗址上，在阴云低垂浪涛拍岸的悬崖边，在清晨阳光下的乡间墓地，在挂着遗容肖像的名人故居里，在博物馆那些未完成的作品前，我和一个个灵魂相遇。他们有的早已与我的生命产生联结，有的让我相见恨晚，有的让我产生强烈的好奇，有的让我遇见更深的自己。

旅行，对我不再是一个外在的过程，不再是一些"短半衰期"的见闻和感受，旅行也不再是回到家就结束；旅行于我，已经变成了一个"长半衰期"的过程，它在悄悄地重新建构我的精神世界和我的生命过程——不仅通过旅行中的感受，也通过旅行前后的阅读，通过我研发的课程，通过我对生死的更多思考，通过我与学生的互动，通过我在养老院和安宁病房的志愿服务，通过我的写作……

　　所以，有了这本《旅行中的生死课》。

与欧文·亚隆一同感受生命中的爱与痛

别尔嘉耶夫〉生命越复杂，生命层次越高级，它受死亡的威胁也越大。

唐君毅〉掩盖死，即掩盖人生的真相。

欧文·亚隆〉我们的生命，我们的存在，与死亡密不可分。

有生就有死，有自由就有恐惧，有成长就有分离。

就此而言，我们一体同命。

2020 年 4 月 1 日晚上，接到华章心理邢健传来的消息：欧文·亚隆刚刚登录了 Facebook，在上面留下了这样一段话：

距离我上一次登录我的 Facebook 页面已经有一年了。我完全沉浸在生活中的黑暗事件当中。大约在一年前，我们了解到玛丽莲，与我结婚 65 年的妻子，患有多发性骨髓瘤（一种血细胞癌）。有一天，就在得知她的诊断后不久，我们一起散步，她说她希望我们一起写一本书，谈谈她的病以及它是如何影响我们以后的生活的。

所以我们就这样做了。大约 10 个月前，我们开始在我们的这本新书中交替撰写章节，讲述我们对她的疾病和她即将到来的死亡的反应。去年 11 月，也就是 4 个多月前，玛丽莲去世了。从那以后，我就一直一个人在写这本书的后半部分。昨天我完成了最后一章。

这是一本关于我们面对她的致命疾病和她的死亡以及我之后的哀悼历程的书。我工作的题目是"一个关于死亡与生活的问题"。它将由斯坦福大学出版社出版。除了出版商，还没有人读过这本书，但我觉得这本书独一无二地讲述了一对夫妇如此公开地面对死亡，以及幸存的配偶随后的内心体验。在过去的几个星期里，我也深刻地经历了忍受深度抑郁、强迫性思考和对所爱之人的深切哀悼是怎样的一种感受——这对治疗师来说是一种非凡的教育。

这本书一直是我的救命稻草，每天我都期待着投入写作，现在我已经写完了，我感到自己像在海上，希望很快能看到另一本书的风帆出现在我的视野里。

我的写作不仅使我在玛丽莲离世后得以幸存下来，而且还帮助我在当今世界大流行病的隔绝中生存下来。几个星期前，我的女儿 Eve 搬来和我一起住，由于她的爱和关心，我逐渐摆脱了悲伤／抑郁。

我已经停止了我正在进行的治疗实践，但仍然继续通过 Zoom 或 Skype 进行一个或两个小时的咨询，并提供我所能提供的任何帮助，包括必要时合适的转诊。

读完亚隆的留言，我好想抱抱他。在我心里，亚隆早已不再仅仅是一个心理治疗大师、一个了不起的作家，同时他也是一个与我心灵相通的朋友，一个可以亲近的人。这样的一个拥抱，与其说是给他支持，不如说是与他一同感受生命中的爱与痛！

我站起身来，想去洗手间擦掉眼泪，猛然间看到了书柜上的一张合影。那是五年前在亚隆家中拍的，在这张照片上，我挨着身材娇小的玛丽莲，亚隆的胳膊从玛丽莲背后伸过来，搭在我的肩上。

2015 年在欧文·亚隆家中合影（右二为本书作者）

亚隆，五年前见到你们的时候，我心里曾暗暗评估，在你们两个当中谁会活得更久？看上去应该是玛丽莲，她那时似乎比你更健康。我还在心里出了一道残酷的选择题：作为一对携手走过一生的爱侣，如果可以选择的话，你愿意选择先离开这个世界，还是愿意暂且留下？亚隆，我猜你会选择留下，在为那么多丧亲者提供过心理治疗后，你深知留下来的人会承受更多的痛苦。

亚隆，没想到你真的成了那个留下来的人。也许，你注定了要用余生继续探索存在主义心理治疗的四大命题：死亡、自由、孤独和生命的无意义——在经历了挚爱之死后，它们与你更加血肉相连，每一个命题都牵动着你的神经，撕扯着你的心灵，在你的大脑中翻腾！

亚隆，我想，吸引我走向你、直至真的走到你身边的，也是这几个看上去有些抽象，更像哲学而非心理治疗的大命题。和你一样，我看到自己和来访者身上一个个具体的困扰后面，它们就潜藏在那里。

所以说，五年前那次旅行不是什么机缘巧合，而是命里注定，所谓的"机缘"早已埋藏在我们彼此的生命深处。

是的，那是一次特别的旅行，也是一份特别的礼物。

我们一体同命

五年前那个春风沉醉的晚上，我正在北师大给学生上课。那时，我开设了一门奇葩的公选课"影像中的生死学"，用电影来和学生们探索生命与死亡。课间休息时，我接到朋友宗颖的电话："你想不想去美国见见亚隆？"

咦，我不会听错了吧？"亚隆？你说的是欧文·亚隆？心理治疗大师欧文·亚隆？写了好多书的那个欧文·亚隆？"我尽量大声地说。

宗颖给了我肯定的回答。天哪，怎么会有这么幸运又这么巧合的事情？五天前我刚刚拿到美国签证；三天前，我刚刚为亚隆即将在中国出版的新书《浮生一日》写完了推荐序。

课后回家，我查了自己的日程安排，马上打电话告诉宗颖："我去！"

为了见亚隆，我不得不五天内在太平洋两岸打个来回。而且因为有课，我要比其他人晚走几天，并一个人在旧金山等上两天。现在回想起来，那是我第一次一个人出国旅行。对于一个只学完了70年代英语广播讲座初级班的人来说，说不焦虑那是假的。

但焦虑也会激发出潜能，我凭着"三句半"英语顺利入关，顺利找到去旅馆的摆渡车，上餐馆喂饱了自己，还参观了小镇上的图书馆，逛了超市，然后就等着见亚隆啦！

2015年5月6日，天气晴朗。美国加州帕洛阿托市，有一条寂静的花丛小道通往亚隆的家中。隔着树篱，我看到一棵枝叶茂密的大树向蓝天敞开着怀抱。

11点钟，当我们一行五人（美中国际心理学院创办人、万国集团董事长孙立哲博士，欧文亚隆团体系统培训项目发起人、北京友谊医院心理专家柏晓利医生，欧文·亚隆心理治疗学院中国学院院长、北京万生心语教育机构总经理邢健博士，美国万国图文集团经理张瑾女士，还有我）走向亚隆的家时，亚隆也正从里面朝院子门口走。他戴着眼镜，须发花白，穿着一件藏蓝色毛衣，从外貌到气质，正是我心中的亚隆也！

孙立哲博士和亚隆握手，并逐一向亚隆介绍每一个人。我用提前准备好的英文对亚隆说："Professor Yalom, I feel I've been knowing you for a long time."（亚隆教授，我觉得我认识你已经很久了。）我想，这就是我最真实的感觉。

我的书柜里，第一次出现欧文·亚隆的书是在1998年，那是一本并未获得正式版权的书，书名是《爱情刽子手》。彼时，我已经开始学习心理咨询，读到作者序中的最后几句话，心中似有洪钟敲响，并久久地轰鸣：

> 心理医生不能开口闭口"你们""你们的"，应该说"我们""我们的"问题如何，因为我们的生命，我们的存在，与死亡密不可分，有生就有死，有自由就有恐惧，有成长就有分离。就此而言，我们一体同命。

我的天，这才是我心目中的心理治疗高手！他知道那些来寻求帮助的人，并非等待擦去油泥、换掉破损零件的机器，而是和我们一样活生生的人。作为一个人类心理治疗师，如果自身从未有过存在的荒诞感，从未经历过生命之痛，总是一副乐天知命的样子，却要去和来访者一同探索心灵，那不仅是隔靴搔痒、隔山买牛，也是对生命的轻忽与傲慢。

从那以后，我就成了亚隆的忠实粉丝，我几乎读过他的每一部中文译著，还写过好几篇书评。特别是他的《直视骄阳：征服死亡恐惧》，似乎成为我后半生的导览手册，引领着我处理衰老带来的死亡焦虑、陪伴走向生命终点的妈妈、开设生死学课程、参与生前预嘱推广和缓和安宁疗护中的志愿服务……

可亚隆似乎并不急于与我们交流，他大声喊着："玛丽莲！玛丽莲！"穿着红色衬衣的亚隆夫人玛丽莲应声而至。她哪里像一个80多岁的老太太呢，分明是一簇燃烧着热情与活力的火焰。她边和我们握手，边说："见到你们真好，今天的天气也特别好！"

亚隆问我们："想不想先去我的工作室看看？"我们当然太想啦！

那是一座覆盖着红瓦的米黄色小屋，就在紧邻亚隆家的另一个花园里。我猜亚隆应该是在斯坦福大学退休前后开始打造这间独立小屋的。有了这间独立的小屋，他可以在这里继续进行心理治疗，也可以望着窗外的花开花落，安静地写作。我相信他非常享受在这里的工作，因为他已经发现，写作就是教学的延续，也是"第二种治疗实践"，这使得他的职业生涯在退休之后，仍然有更广阔、更深远的展开——书，可以跨过疆域，传之久远，超越时空。用他自己创造的术语说，他的生命将通过这种方式，产生"波动影响"。

亚隆打开小屋的门，整整一面墙的书立即夺走了我的目光。"我在这里做治疗，早上就在这里写作。"亚隆指着书柜前面摆着的两张沙发和窗前放着电脑的桌子说。

亚隆曾在书中描述过，一些病人（精神科出身的亚隆，在书中通常称来访者为"病人"）会对他房间中的装饰评头品足，对花园里的植物指指点点，抱怨坏了的纱门怎么老不修，调侃他为什么不换空了的纸巾盒。对于一般人来说，这都是看似与治疗无关的细节，但亚隆却能从中看到"每个人不同的内部世界，同样的刺激对不同的人有不同的意义"[1]。

哈，亚隆的工作室又何尝不是他自己内部世界的显现呢？远离尘嚣，花木环绕，小巧温暖，不局促也不空旷；略显凌乱的桌面，敦实厚重的布艺沙发，沙发旁一只小几上放着小闹钟和小号的纸巾盒；还有书墙上那掩藏在一本本书中的哲人和文学家——所有这一切似乎都在说亚隆是怎样一个人，他何以成为今天的他，他的生命意义是如何建构起来的。

当然现在小屋里没有做心理治疗的来访者，不过我分明能感觉到在空空的沙发上、在小屋的静谧中，有生命故事在跌宕起伏，有情绪情感在翻滚流动，它们是来访者的，也是亚隆心中的、笔下的。只要你读过他的书，就会觉得这间花园小屋，其实一点也不平静，一点

---

1 《给心理治疗师的礼物：给新一代治疗师及其病人的公开信》（新版）[美]欧文·亚隆 著，张怡玲 译，中国轻工业出版社，2015年。

亚隆的工作室，他在这里阅读、写作、做心理治疗。

也不与世隔绝，在亚隆营造出来的具有治疗意义的亲密关系中，来访者已经在预演他未来新的生命故事。

有一天，来访者走后，亚隆从书柜中拿出马可·奥勒留的《沉思录》，坐在沙发上随意地翻看，看到了这样一段话：

> 走过，顺其自然地，走过属于你的那一小段时光，然后心满意足地结束旅程；就像一颗成熟的橄榄告别枝头，深深感谢将它创造的这个世界，以及孕育它生长的那棵大树。

在那之前，亚隆曾经让两个来访者去读《沉思录》，结果，其中一个人的反应让他深感挫败："那时我觉得自己就像一个外行老学究。"而另外一个来访者却说这本书真的改变了他。[2]

这就是亚隆啊。他真诚地对待自己、真诚地对待来访者，他并不

2 《浮生一日：心理治疗故事集》[美]欧文·亚龙（亚隆）著，宫学萍 译，希望出版社，2016 年。

掩盖自己在心理治疗中的挫败，却永远能谦卑地从来访者身上、从无数先哲和智者身上，吸取生命的智慧，并且把它们再酿造成果实奉献出来。现在，在这间小屋里，他的生命果实还在一颗颗地孕育、生长、挂上枝头……

我们还会在一起很久很久

比起亚隆的工作室来，他和妻子玛丽莲的家，宽敞多了，也透露出亚隆更多的角色与个性：

在这个空间中，亚隆很自然地还原为一个丈夫，而且是那种非常珍惜伴侣的丈夫。在带着我们看完书柜中陈列的他自己各种不同版本的著作后，亚隆立刻带我们去另一间房看玛丽莲的著作。我惊讶地发现，玛丽莲原来是《乳房的历史》[3]《老婆的历史》等书的作者。更让我惊讶的是，她拿出自己的一本新著 The American Resting Place（《美国人的安息之地》），就好像她提前知道了我在关注死亡似的。玛丽莲打开书告诉我，书里的照片都是他们的儿子里德拍的。她翻到其中一页，照片上是一块倒在地上的墓碑，刻着"无名氏"三个汉字。玛丽莲说，这是在夏威夷的华人墓地拍的，看到华人为一个不知姓名的人立碑，她很感动。为了写作这本书，她访问了 250 个墓地。

大概受了玛丽莲的影响吧，后来我也在旅行中成了一个墓地探访者，甚至成为一个"墓地导游"。

这时，友谊医院心理专家柏晓利拿出了自己的礼物，是一幅《清明上河图》的苏绣，亚隆又说："等等，等等，我希望玛丽莲能听听！玛丽莲！"

---

3 《乳房的历史》[美] 玛丽莲·亚隆 著，许德金 译，何颖怡 译，华龄出版社，2001 年；《老婆的历史》[美] 玛丽莲·亚隆 著，许德金 译，华龄出版社，2002 年。

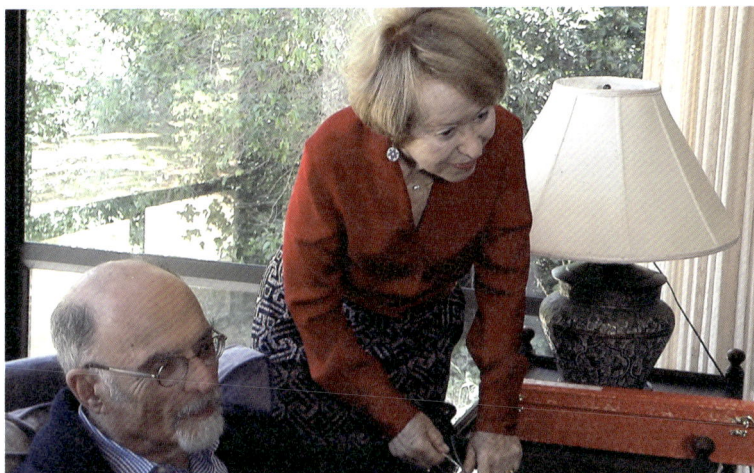
玛丽莲和亚隆一起接待我们

　　亚隆在 15 岁就认识了玛丽莲，他说她是那时自己认识的人当中"唯一读书像我一样多的人"。他和朋友打赌说，他要娶这个女孩为妻。8 年后，朋友在他们的婚礼上乖乖交出输掉的 50 美金。

　　看着两个耄耋老人的互动，亚隆写在《浮生一日》扉页上那句朴素的话，浮上我的心头："致玛丽莲，与我共同生活六十余载的爱妻，我们还会在一起很久很久。"

　　他们的四个孩子都已长大成人，各有所好，各有所成，但院中的大橡树上还挂着亚隆自制的秋千。孩子们养小动物的后院已经有些寥落，客厅里却挂上了儿子拍摄的作品。落地窗前，还不时可以看到父子对弈的身影。

　　当邢健博士拿出"华章心理"最近在中国翻译出版的亚隆的书籍时，亚隆兴奋地露出了笑容，他一边翻看，一边念叨着："这是《日益亲近》，这是《诊疗椅上的谎言》，这是《给心理治疗师的礼物》……哦，《当尼采哭泣》！"当亚隆听说有些书已经售罄，有些书会马上再版时，他说："哦，真的吗？在德国，《叔本华的治疗》

还是畅销书呢，法国人还想把它搬上舞台。"

亚隆的第一本著作《团体心理治疗——理论与实践》（英文初版）出版于 1970 年，令人惊讶的是，年过八旬之后，他的创造力仍未衰退，又相继完成了小说《我要叫警察》《斯宾诺莎问题》和心理治疗故事集《浮生一日》。他认为"创造力是黄金之道，转变了我全部的生命"。

我想到自己第一次读《直视骄阳：征服死亡恐惧》时，竟以为它是亚隆的封笔之作，还曾为此黯然神伤。写作此书时，亚隆 75 岁，他在书中提到"对于一个善于反思的古稀老人来说，考虑死亡和生命无常的问题是很自然的。每天发生的种种迹象都如此地震撼人心，很难视而不见，比如我们这一代已经过时了，比如我的朋友和同事生病了、过世了，比如我的视力衰退了，还有，每天，我的膝盖、肩膀、背部、脖子的情况越来越糟"。

我虽然还远远没有到达亚隆写作《直视骄阳》的年龄，但他所谈到的这些衰老的迹象我都开始感觉到了。那么，拥有"黄金之道"的亚隆，会与常人有所不同吗？他还在写作吗？他在写些什么？

亚隆回答得非常干脆："哦，是的，每天都在写。我喜欢写作，对于我来说，那是很大的快乐。每天早晨我都迫不及待地想开始写，我很享受。我脑袋里还有很多东西，我想把它们写出来。现在我正在写一本回忆录，回想我的一生，看看当初我怎么会想到写那些书的，这么多年以后再回过来读，又带来哪些想法。我现在就在忙这个。"

亚隆不知道的是，后来，当他这本名为 Becoming Myself（《成为我自己：欧文·亚隆回忆录》）的自传出版后，竟然成为我的第一本英文读物！我在 Kindle 上先索取了样章，想试试凭着最近两年的英语学习，自己能否读懂，没想到竟然一下子就读了下去。于是，我买了完整的电子书，在去养老院看妈妈的地铁上，我还因为拿着 Kindle 读洋文被街拍了！

我注意到，亚隆家玄关墙上挂着一幅尺寸不算太大的油画，我想那是罗洛·梅画的《圣米歇尔山》。亚隆曾在《直视骄阳》中回溯了他和罗洛·梅的交往：亚隆刚刚接受精神医学训练时，对当时的理论模式既困惑又不满，后来，他读到罗洛·梅的《存在：精神病学与心理学的新方向》，"一扇全新的、洒满阳光的窗户在我面前打开了"。当亚隆因治疗癌症患者而产生死亡焦虑时，他请求罗洛·梅为他做了三年的心理治疗。当罗洛·梅老了，中风了，人生的角色换了过来，罗洛·梅开始向亚隆寻求支持，直到在亚隆的守护中，罗洛·梅安详离世。我想，《圣米歇尔山》在替罗洛·梅陪伴亚隆吧，它是他们友谊的见证，也象征着某种生命间的传承和精神性的延续，是另一种"还会在一起很久很久"。

　　三个月后，当我到法国旅行时，我去了圣米歇尔山，果然，亚隆家那幅画画的就是这里！圣米歇尔山是天主教重要朝圣地，它矗立在法国北部的海面上，涨潮时就会变成一座孤岛。也许，正是这种遗世独立的气质，吸引了那些信徒吧。一千多年前，信徒们从一座小教堂开始，用几百年的时间慢慢地在山顶建成了宏伟的修道院和大教堂，并在雷击和焚毁中让它一次次重生。

圣米歇尔山修道院

有点诡异的是，当我在圣米歇尔山预订的旅馆中放下行李，信步走上外面的台阶时，竟然发现自己住在了一片小小的墓地旁。可是我一点都不感到恐惧，甚至还有些兴奋。我返回房间拿了三脚架，一个人兴致勃勃地走进墓地。天已经黑了，圣米歇尔山修道院的灯光从山上照下来，照在古老的墓碑和十字架上，将我带进那些为信仰而献身之人的生命故事中。

当生活已经不再是"真正的生活"

访问亚隆，我最想和他谈的是死亡。在中国，我难以想象可以和一个84岁的老人去谈死亡，那会被认为不吉利。但，他是亚隆，是研究死亡的专家，是为许多濒死的癌症患者和丧亲者做过心理治疗的人，也是一个坦然直面自己死亡的人。

我拿出了一本满是批注的《直视骄阳：征服死亡恐惧》，那是我在北师大"影像中的生死学"课程上的漂流书，许多同学在这本书上留下了自己的感悟和思考。我问亚隆是否可以问他几个关于衰老和死亡的问题。我告诉他，我们中国有句老话叫"人活七十古来稀"。但是现在呢，我们周围有很多人可以活到高寿，比如八十岁、九十岁，甚至一百岁。

亚隆马上接上了话题：是的是的，这里也是一样。

我问亚隆：当人们可能拥有加长版的人生，特别是所谓的"晚年"变得很长的时候，从您的角度看，您所关注的"存在"问题是不是会变得更严峻或者更深刻？比如有的人因病丧失了自理的能力，"自由"就成了问题；有的人会很早丧偶，就会特别孤单；当一个人只能被别人照顾的时候，像阿尔茨海默病晚期患者，他生命的意义何在？

亚隆似乎对这个沉重的问题有着很强的同感，因为他的姐姐也罹患阿尔茨海默病，已经不再能认出他是谁了。他说，这在美国也是一个巨大的问题，特别是当我们看到有些末期病人，他们的生活已经不再是真正的生活了，这是一种很糟糕的生存状态。他问，在中国，如果病人受了太久的折磨并且疾病没有医治方法，医生是否可以协助自杀？我们告诉亚隆，这在中国是违法的。亚隆说，在美国，也只有俄勒冈州和华盛顿州是合法的，有些人会去瑞士或者荷兰，在医生协助下结束生命。但是医生必须确认，病人想自杀不是因为患了抑郁症，而是患了无法治愈的疾病。

后来，我从玛丽莲和亚隆合著的新书 *A Matter of Death and Life: Love, Loss and What Matters in the End*（《死亡与生命手记：关于爱、失落、存在的意义》）中知道，玛丽莲最后也是在医生协助下主动结束生命的，那时医助自杀已经在加州合法化了。

亚隆夫妇在书中记述了整个过程：玛丽莲虽然早就在考虑医助自杀的问题，但是她很难下决心，因为她知道"死亡不仅关乎我一个人，也不仅关乎亚隆、子女，还关乎很多朋友"。但是玛丽莲病得越来越重，有一天她梦到自己的电脑发出强烈的噪音，却无法关掉它。亚隆通过这个梦明白了，玛丽莲渴望结束痛苦的生活，但是自己还不想放她走，直到后来玛丽莲对他说："我现在活着只因为你。一想到要离开你，我就伤心极了。但是，欧文，是时候了。求你了，你得放我走。"

他们向从事缓和医疗（Palliative Care）的医生寻求帮助，后来又找到一位愿意协助玛丽莲自杀的医生。

一天下午，玛丽莲醒来。对亚隆说"时间到了"。第二天早上，医生来了，玛丽莲要求医生结束她的生命。但四个孩子有一个不在场，医生希望能够等他赶来。一个小时后，小儿子赶到了。医生贴在玛丽莲的耳朵上问她："你确定现在就要结束你的生命吗？"玛丽莲坚定地点了点头。医生给了她两杯药，她自己先后喝了下去。医生、护士和亚隆及四个孩子围在她身边，亚隆用他的头贴着玛丽莲的头，默默地数着她的呼吸，在第十四次呼吸之后，玛丽莲死了。亚隆内心悲鸣：我的玛丽莲，我亲爱的玛丽莲，已经不在了！他亲吻着玛丽莲的额头："那冰冷的吻将在我的余生萦绕！"

　　读到"My Marilyn, my darling Marilyn, was no more"，我眼前已经一片模糊。我为玛丽莲的逝去而悲伤，也为亚隆的痛苦而悲伤，但我知道，我的眼泪中也有大感动：为玛丽莲捍卫尊严的勇气而感动，为亚隆对玛丽莲的深爱而感动。能够死在相爱60多年的亚隆的怀里，玛丽莲一定觉得自己是幸福的、幸运的。

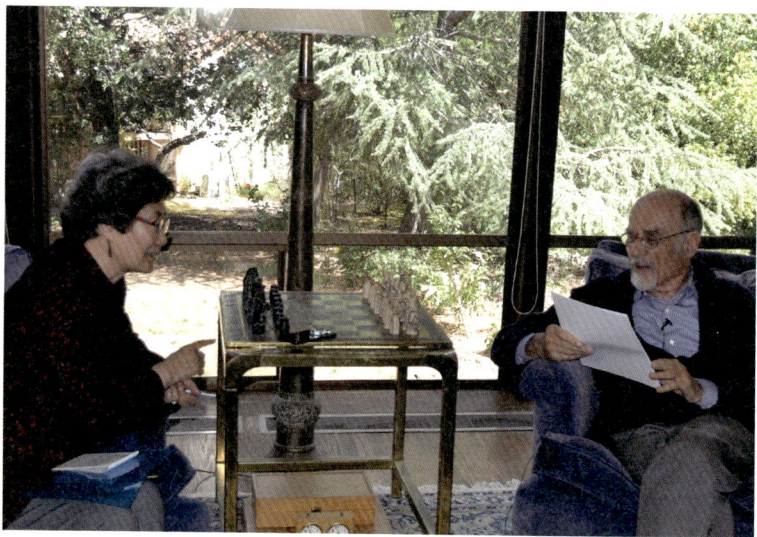

亚隆和我交谈

原来，这是一趟死亡做媒的旅行

　　12点过了，亚隆要带我们到斯坦福大学教授俱乐部共进午餐。让我大吃一惊的是，他开出了一辆白色的雷克萨斯跑车！哈，好酷，看到这个 80 多岁的老头载上孙立哲博士和柏晓利医生绝尘而去，坐在后车上的我感慨：这老人生命中蕴藏的激情恐怕胜过很多年轻人吧！

那时我并不知道，在这辆跑车上，一场生命最深处的相遇正在发生：

坐在副驾驶位置上的柏晓利，看着正在开车的亚隆，有一种做梦的感觉。在梦幻与真实之间，似乎有个声音告诉她，现在是唯一可以告诉亚隆自己生命故事的机会。

深知亚隆一向十分敏感于"此时此刻"的晓利说："亚隆，您难道不好奇为什么现在我们来看您？"

亚隆说，他确实很好奇，问柏晓利是不是来美国看妹妹。

晓利告诉亚隆："不是因为妹妹，而是因为我丈夫薛剑华去世了。"

"哦，太遗憾了！"亚隆说。他关心地问是什么病。晓利告诉亚隆，丈夫得的是癌症，从发现到去世只有一年半。

前面路口红灯亮了，亚隆停车转头看向晓利。晓利告诉他："幸亏学习了很多存在主义心理学，读了您的治疗案例，知道最重要的是彼此都不应该留下遗憾。老薛喜欢研究星空，小时候自制望远镜，在他患病半年多后，他提起了这件事。我说我们可以买一台天文望远镜。老薛说，或许太费钱了，他活不了这么久。我说这是你的愿望，哪怕你看不了几次，就是摸一摸也是好的。于是我们买了天文望远镜。老薛一生一直非常努力，想证明他自己的存在，他并不清楚在别人眼里他自己什么样。在他得病后，我就约他不同时期的朋友来我们家做客，让他知道他在别人眼里是什么样的。老薛到最后获得了特别多的东西，内心非常平静，他很满意自己最后那种情感状态。"

见晓利流泪，亚隆想找纸巾给她擦泪。他说："我能为你做什么？你希望我帮你做些疗愈的工作吗？"晓利说："不用了，我知道需要很长的时间。"亚隆说，确实需要一段时间才能疗愈。晓利告诉亚隆："最后我们都很满意我们之间的关系，老薛觉得最后的一年半很幸福，我也觉得最后的一年半，就像一起过了一生一世。"这时，亚隆伸出手来，放到晓利的手背上，看着她。

晚上，在旅馆的房间里，晓利告诉我说，当她和亚隆分享自己的故事时她觉得很幸福，她说："能把这些感受和亚隆分享，亚隆也知道我是怎么想的。老薛这么多年一直帮助我去实现一个个愿望，我见亚隆，老薛知道也一定非常非常高兴，也满足了老薛的一个愿望。"

却原来，我的这趟美国之行，竟然背后是这样一个与死亡相关的故事啊！

是的，我确信

下午，我们应邀参加斯坦福大学表彰玛丽莲·亚隆的仪式。玛丽莲的学术生涯始于法国文学研究。20 世纪 80 年代，她参与创办了斯坦福大学克莱曼研究所（Clayman Institute），跨入到性别研究领域，后来更拓展到文化史领域。玛丽莲去世后，斯坦福大学在讣告中说："作为一名鼓舞人心的女性知识分子，玛丽莲在她的领域留下了不可磨灭的印记，她探索了那些未经探究但发人深省的主题。"

五年前的那天下午，玛丽莲是多么的光彩照人啊，虽然她没有再穿上午穿过的那件红色衬衫，而是换了更低调的蓝色裙装。

仪式在斯坦福大学的一个小花园里举行，没有条幅，没有铺着丝绒桌布的主席台，一切都是那么朴素自然。在整个仪式过程中，我悄悄注视着亚隆，观察着他和妻子之间的互动。当嘉宾们发言时，当人们给玛丽莲颁奖时，亚隆默默地坐在角落里，看着作为中心人物的妻子。仪式结束，亚隆马上走向前，拥抱了玛丽莲，顺手就接过了她怀里的鲜花和肩头的提包。亚隆十几岁就想娶玛丽莲为妻，我想那作为少年对浪漫爱情的憧憬不足为奇，而携手走过六十年多年之后，今天这个无声的动作才是更为浪漫的爱情见证！

是告别的时候了，我们一一和亚隆拥抱。柏晓利对亚隆说："能够见到您，我从心里感到非常高兴。"亚隆拉住她，用他的臂膀搂住晓利，给了她一个温暖而有力的拥抱。无需言语，晓利体会到亚隆与她深深的联结，与她的生命同在。

我与亚隆拥抱，告诉他此时此刻，我有很多不舍，也有很多遗憾，因为没有更多的时间与他交流。我忍不住问他：还能再问您一个问题吗？亚隆说：OK！

我问亚隆：在做了半个世纪的心理治疗后，您是否确信心理治疗可以让人变得更好，从而让这个世界变得更好？

亚隆说，是的，我确信！

现在，五年过去，玛丽莲走了，COVID-19来了。

亚隆，在这场席卷全球的疫情中，你在写作，我也在写作。如你所说，在玛丽莲离开之后，写作是你的"救命稻草"，而于我，写作也是日落之前重要的生命支撑。我将开始用这本书，把近年来我在旅行中的见闻与在生死学领域中的思考整合起来，让它成为我生死学课程的一个延续。

这将是一本视角独特的书，它仿佛打开了一个开关，激活了我在旅途中的许多体验和思考：走过的一座座城市，参观过的一座座博物馆和教堂，看过的一片片风景，竟然与生死议题之间有着奇妙的、深邃的联结。而这一切，似乎正始于五年前暮春的那次旅行。

亚隆，在这次特殊的旅行中，我飞跃大洋看到了"真"的你，看到了你怎样生活、怎样写作、怎样去爱。我觉得这是命运给予我的一份特殊礼物：当我的人生之旅开启后半程时，我有了一位不在身边的隐形旅伴。你走在我的前面，以你晚年生命的丰盛与精彩，以你面对孤独与死亡的勇气，以你那个不断 becoming myself 的姿态，为我照亮了看似幽暗的老年生活之路，让我抖擞精神，边走边唱，勇敢前行。

死之将至，
所余唯风格而已

弗吉尼亚·伍尔夫＼死亡就是敌人。我要纵身扑向你，绝不认输，永不屈服，哦，死亡！惊涛拍岸。

齐邦媛＼我希望我死的时候，是个读书人的样子。

"永不妥协"的苏珊·桑塔格

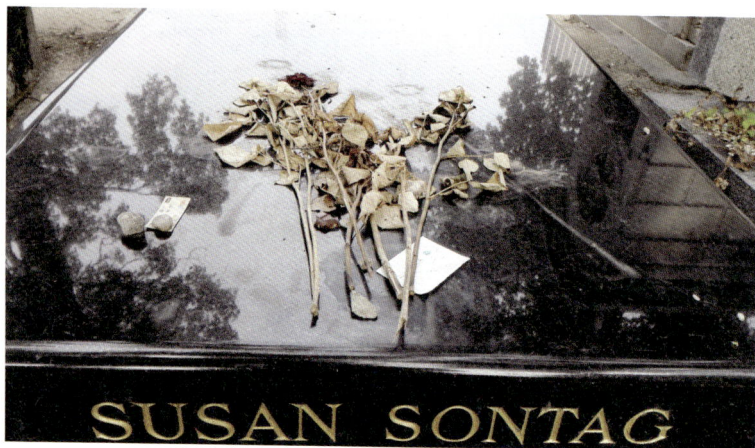

桑塔格的墓碑

在巴黎的蒙帕纳斯公墓找到苏珊·桑塔格的墓时，我有一种触目惊心之感。在毫无装饰的黑色大理石墓碑上，躺着几支玫瑰——它们还完整保留着玫瑰的样子，但除了花苞还留着凝血般的紫红，整个花枝已经"死透"，干枯而焦黄。

这枯萎的玫瑰啊，你是某种象征，还是某种见证？

作为一个知识分子，苏珊·桑塔格的生命曾经盛放，她与西蒙娜·德·波伏瓦、汉娜·阿伦特，并称为当代西方最著名的三位女性知识分子。但作为一个人，她也无法逃避死亡，逃避生命终将枯萎的命运，尽管她曾那样地不情不愿。

是的，对于死亡，她不情不愿！

她的儿子戴维·里夫在《死海搏击：母亲桑塔格最后的岁月》中说，71岁的桑塔格直到生命的最后一个月才愿意思考死亡，而在那之前，甚至是在那之后，她一直相信，就像她曾经战胜第四期乳腺癌一样，这次她也会战胜MDS（骨髓增生异常综合征，一种致命血癌），死亡不属于她，无论如何，她要活下去，她还想做些对她来说"真正重要的事情"[1]。

陪伴在身边的朋友们，一直希望她能谈论即将到来的死亡，因为这意味着她开始面对现实，放弃痛苦而无效的治疗，珍惜剩下的时光，为死亡做准备。她的朋友彼得曾将托尔斯泰的小说《伊凡·伊里奇之死》带进病房，期待借由这本书，桑塔格能"好好谈论死亡这个巨大的禁忌话题"，但是她只字未提自己的死亡。朋友们甚至寄希望于那位经常陪伴桑塔格度过午夜时光的护士，那个护士说，很多病人是在凌晨三点开始谈论死亡的，但是桑塔格从来没有，她谈论的是怎样好起来，她谈论战胜疾病，谈论病情缓解，谈论重新回到写作中去。

从照片中就可以看出苏珊·桑塔格是多么强悍的女人。《死海搏击》的黑色封面上，是她倔强的身影：她棱角分明的头向上扬起，硕大的眼睛因为望向远方而露出大片眼白，连面颊边那缕白发，都那么不肯屈就地翘着。在方方的下巴底下，锁骨从衬衫中露出，和肩膀共同构筑出一种僵硬和紧张感——如果用一个词来描述这副躯体，我只能说是"不屈"。

不屈于什么？不屈于命运，不屈于疾病，不屈于死亡：

所以，桑塔格拒绝面对真相，她觉得死是无法容忍的。她像在大海中捞针一样，从医学文献之海中找寻带着希望气息的消息，她愿意尝试任何可能的治疗，哪怕治疗本身极其痛苦。直到骨髓移植失败后，她仍相信自己可以死里逃生。"寻找死囚始终希望的东西——减刑、缓刑"，就是桑塔格面对死亡时所做的。而她身边的人，也不得不编故事，"想方设法地让她怀抱着虚幻的希望"。她的医生说她"没有为死亡做好准备"，"她为了寻求治疗方案，可以置生命于不顾，宁死也要尝试"。

1 《暮色将至：伟大作家的最后时刻》[美]凯蒂·洛芙 著，刁俊春 译，中信出版社，2018年。

这是真正的乐观、坚强，还是裹在乐观、坚强下面的恐惧？我该怎样理解苏珊·桑塔格的"永不妥协"？

按照伊丽莎白·库伯勒-罗斯与死亡相关的哀伤五阶段理论[2]，很多人在得知坏消息时都会"否认"，这是减缓死亡冲击的一种心理防御机制。

但是，像苏珊·桑塔格这样一直否定到底的，却不多见。我感觉这是有意味的，与其说她不愿接受死亡，不如说她不愿接受脆弱。她真正恐惧的，也许是她那勇猛无畏形象的崩塌？

"永不妥协"是桑塔格的生存姿态，是她的"人设"。觉得自己从小"没人疼""没人要"的桑塔格，正是凭着任何逆境都不能打败自己的意志，成为著名的作家、评论家、人文知识分子桑塔格。"永不妥协"已经和她的生命合为一体，即便面临人生最大的挑战"死亡"，她都不肯将它剥离——为什么不能放弃这样的生存姿态？她害怕的到底是什么？

尽管不愿面对自己即将死亡的事实，但死神的影子在身边徘徊，还是让桑塔格感觉到了一些东西。"我母亲最郁闷的时候，常常会说：'这次，这辈子第一次，我觉得自己没有什么与众不同。'"

正是从这句话中，我读出了桑塔格深深的恐惧：或许不是对死亡本身的恐惧，而是对生命存在性的恐惧。她害怕自己的"黑色魅力"被疾病和死亡消解，让她回归到一个凡人的状态。

不知道从什么时候开始，苏珊·桑塔格就深信自己是与众不同的。不过，这样一种内心感觉和自我认定，一定带给她许多力量，甚至是某种使命感，让她能够战胜"没人疼""没人要"的卑微，在大地上站立起来，一辈子怀抱希望，一直走向远方。"她相信，她走过孤独的童年，走出西南部去芝加哥大学，所能依靠的只有希望和意

2　哀伤五阶段（Grieving Process），即：否认、愤怒、讨价还价、消沉、接受。

志","她感觉到不管有多大的障碍,她都能重新打造她的人生——不只是重新打造,而是打造出第二版、第三版或第四版,一版比一版好"。

人们说,生命是独特的,因此是宝贵的。当我们能够体验到自己作为一个生命的独特性(即桑塔格说的"与众不同")时,渺小的生命似乎就拥有了价值,短暂的人生似乎就有了意义,茫茫宇宙中的这粒微尘就有了分量。在这个意义上,让自己成为"与众不同"的人,也是人应对死亡焦虑的一种有效方式。

但是,当碰到生命的有限性时,"希望"和"意志"、"与众不同"的自我认定、"永不妥协"的生命姿态,是否还是有效的?过去带来帮助的东西,是否又变成了新的限制?

死亡让桑塔格撞到生命价值的墙上,原来"自己没有什么与众不同"——在都要死去这一点上,毫无疑问!

但桑塔格咬紧牙关,选择了拒绝死亡,为生而战,她无法抗拒地想要成为战士。这样的风格与"永不妥协"相一致,或者说,如果不以这样的风格面对死亡,桑塔格大概会担心自己在躯体死亡之前就已经死亡:放弃了"与众不同"的自我体认,放弃了"永不妥协"的生命姿态,我是谁?那个叫作桑塔格的女人去了哪里?也许这深层的恐惧,才是让桑塔格抱住"希望"不放的原因?

桑塔格在因乳腺癌化疗的日子里,曾在日记中写下:"在忧伤之谷,展开双翼。"

虽然不知道她的两翼指的是什么,但我觉得这句话很美,很真实,至少她说出了"忧伤"这个词,这让我感觉到她不再是一个思想性的硬核,而成为一个有机的人。

是的,在"忧伤之谷",不仅需要意志,也需要情感;不仅需要勇敢,也需要接受;不仅需要保持生命的独特与尊严,也需要敞开心怀与他人联结;不仅需要深刻,也需要深情。死亡,既可以是决绝的，也可以是柔情的。

只可惜，桑塔格的意志之翼太过强大，而情感之翼似乎未曾充分发育。虽然她病沉后总是让熟悉的人一刻不离地陪在身边，但不撕破"黑色魅力"的面具，让生命的脆弱流淌出来，她就无法与儿子和朋友坦诚地做最后的交流，那本来可以是她留给儿子、留给这个世界最珍贵的礼物。

桑塔格和我一样，喜欢游逛墓地，她的足迹曾留在波士顿的奥本山公墓、哈瓦那的科隆公墓、布宜诺斯艾利斯的瑞可雷塔公墓、伦敦的海格特公墓，当然还有蒙帕纳斯公墓。但她没有给儿子留下明确的遗愿，说要如何安葬自己。儿子里夫知道她觉得纽约的墓地都很丑陋，最后决定把她埋葬在"最文学的公墓"——巴黎的蒙帕纳斯公墓，巴黎也算是她的第二故乡吧，毕竟年轻时候她在这里学习过、生活过。

据说，桑塔格下葬时，里夫在棺木上摆上一枝长茎玫瑰后，不发一语，旋即离去。

我多么希望，我在苏珊·桑塔格墓碑上看到这几支枯萎的玫瑰，是她的儿子里夫放在上面的，这个曾劝妈妈"别那么热爱生活"的儿子，一定是对母亲抱着极为复杂的感情。桑塔格17岁结婚，19岁生下里夫，26岁从巴黎回国后离婚，带了"70美元、两只皮箱、7岁儿子"来到纽约，开始了她真正作为一名知识分子的生涯。

现在，她重返巴黎，长眠在这块黑色的大理石下。

在那束枯萎的玫瑰边上，我献上一朵小小的野花，向这个"永不妥协"的女人致敬、道别。

庄严上路的雅努什·科扎克

雅努什·科扎克

　　离开华沙前一天，我们在市区闲逛，广场上的一座纪念雕像吸引了我的目光：一棵大树下，一位老者搂着几个孩子。纪念雕像旁有个牌子，上面写着：雅努什·科扎克（Janusz Korczak），医生、作家、教师。他教人们如何爱、理解和尊重孩子。

　　后来，在耶路撒冷的大屠杀纪念馆儿童馆门口，我又看到了这位老人和孩子在一起的雕塑。那时，我对他已经不再陌生，通过电影和书籍，我已经认识了这个伟大的教育家和英雄，我知道在欧洲，他的名字比写下《安妮日记》的少女安妮·弗兰克更广为人知。

科扎克的父亲本是个大律师，但精神疾病让他不断地在"慈父"和"暴君"间变换。上学后，科扎克又进入另外一个"纪律严苛、课程无聊、氛围压抑"的环境中，小小的他学到了终生难忘的一课：儿童得不到成人的尊重。父亲去世后，18岁的他不得不做家教补贴家用，这让他发现，自己十分喜欢给孩子们上课。进入医学院后，他选择了儿科作为自己的方向，并且开始帮助流浪儿童。在日俄战争中，他曾作为军医来到中国东北，在一家私塾看到打孩子用的戒尺后，他竟想方设法把它买了下来，虽然他知道一定会有一把新的戒尺出现。

从战场回来后，他发现自己以"雅努什·科扎克"为笔名写的书《客厅的男孩》走红了，人们说他写出了"贫穷的颜色，贫穷的恶臭、贫穷的呐喊、贫穷的渴望"。他回到了儿童医院，一边为孩子看病，一边写作，医院里的人都觉得他哄孩子的方法简直是魔法，比药还有效。后来，他和朋友们一起为贫困的孩子举办夏令营，在经历了许多挫折后，他们开始尝试新的管理办法，在夏令营中建立儿童法院，让孩子发生冲突时，学习通过法院进行裁决。

短期的夏令营已经不能满足科扎克，他终于辞去儿童医院的工作，在华沙开办了孤儿院。在他的孤儿院里，有"议会""法院""报社""公证处"等机构，他还写了许多教育学著作和儿童文学作品，创办了青少年报刊《儿童评论》。以今天的眼光看，科扎克极具现代教育思想，著名心理学家让·皮亚杰曾称赞他："科扎克是一个伟大的人，他有足够的勇气相信儿童和青少年，把事关重大责任的艰巨任务放在他们手里。"

电台邀请科扎克开办一个广播节目，但因为他是犹太人，官员们有所顾虑，于是科扎克变身"医生爷爷"。没过多久，听"医生爷爷"温暖又幽默的声音就成了人们每周四下午不能错过的事情。可是随着反犹浪潮的兴起，科扎克的节目被停播，他还失去了青少年法庭顾问等多个职位。科扎克陷入了深深的抑郁。

1939年1月，德国进攻波兰，华沙陷落了，犹太人都被驱赶进隔离区。科扎克不仅拒绝在手臂上戴犹太人的六角星标志，还穿着自己的波兰军装，四处奔波为孤儿院的孩子们筹集食物。为此，他被盖世太保投进监狱。出狱后，科扎克邀请一些人到孤儿院给孩子们讲课，并努力保持着孤儿院的正常生活，甚至还举办音乐会。访问过犹太区孤儿院的人们，都觉得那里是沙漠中的一片绿洲。

在越来越严酷无望的生活中，科扎克艰难地支撑着孤儿院。成批的人死于斑疹伤寒和饥饿寒冷，科扎克常常在噩梦中惊醒。已经濒临崩溃的他，仍然想为孩子们做更多的事情。他组织孩子们演出了泰戈尔写的《邮局》，那是一个即将死去的孤儿的故事，他纯洁无瑕的灵魂让每个接触他的人的生命都变得更有意义。演出结束，一位犹太人说："尽管我们被囚禁在这里，但天才科扎克证明了就算在老鼠洞里，他也能创造奇迹。"科扎克却只在日记中留下几个字："欢呼阵阵，掌声雷动，笑脸盈盈，说话费劲。"那时，他还不知道，一个月后，他和孩子们真的走向了死亡。

不过当这一天真的来临时，科扎克早已选择好自己的姿态：1942年的8月6日，科扎克刚刚给孤儿院"可怜的植物"浇完水，写下了最后几行日记，孤儿院就被党卫军和警察包围了。德国人让孩子们立刻排队，要把他们转移到"东方"去。那时，被关在隔离区的犹太人还不知道，所谓的"东方"，就是灭绝营和毒气室，但他们都明白凶多吉少。

"天哪，科扎克被抓了！"消息在犹太区传开，人们立刻开始想办法营救他。

有目击者说，当警察命令孩子们上火车时，一个德国军官穿过人群把一张纸条递给了科扎克，据说那是特赦令，凭着它，科扎克就可以留下，让孩子们独自离开。但科扎克摇了摇头，挥挥手让德国人走了。在此之前，曾有友人帮他伪造证件让他逃跑，他拒绝了，他说要和孩子们在一起。

一个把一生都献给孩子的人，怎么可能看着孩子们被囚禁、被杀害，而自己逃出去苟活呢？

不知道那时的科扎克是心存一丝希望，还是明白他将和孩子们一起赴死，但最重要的是，他选择和孩子一起去面对未知的命运。

人们看到，科扎克带着孩子们排队出发了，他一只手牵着一个孩子。有个孩子带上了一面绿色的旗子，旗子上蓝色的大卫之星鲜艳夺目。这是马特国王一世的旗，这位国王正是科扎克小说中的英雄。科扎克带着孩子们走出孤儿院时，一位教师开始唱起进行曲，街上所有的人都跟着唱了起来："就算狂风呼啸，我们也要高昂着头。"

犹太警察自发地让开一条路，站在两旁向科扎克立正敬礼。虽然广场上的哀号声此起彼伏，但科扎克和他的孩子们保持着最后的尊严，平静地上了火车。一位目击者说："这不是上火车，而是在向这个丧心病狂的统治做无声的抗议……像这样的队伍，人们从未见过。"[3]

这是科扎克给这个世界上的最后一课：伟大的人格是不能被恐惧征服的！

第二天，雅努什·科扎克及他的同事和192个孩子在特雷布林卡集中营惨遭杀害……

科扎克是那种少有的、既有教育理想又有教育天赋的人，他充满了对孩子的爱和丰富的想象力、创造力。如果不是战争和大屠杀，他会贡献给人类更多的教育智慧。但也许，这些智慧早已渗透到我们

3 《孩子王：儿童教育家科扎克传》[美] 贝蒂·吉恩·里夫顿 著，李菁 译，金城出版社，2013 年。

的生活中，并造福着孩子们。如果科扎克知道，如今已有 196 个缔约国的《儿童权利公约》是由波兰起草的，他一定感到无比欣慰！

假如你在"泰坦尼克号"上

泰坦尼克博物馆

到了北爱尔兰首府贝尔法斯特，我有一种惊异之感。感觉上，这座城市相当偏远，它和它的母体爱尔兰岛漂在北大西洋上，仿佛处在世界边缘。当然，这是我以中国为"中"、以北京为出发点而产生的错觉。

惊异来自反差：就是在这个我感觉挺"边缘"的地方，巨轮"泰坦尼克号"横空出世。它的体积和豪华程度，在当时可谓盖世无双。想象一下，这个钢铁巨无霸，需要多强大的科技和工业生产能力才能被建造出来，据说光是造船工人就多达 15000 人。想必它离开船坞时，从里到外都洋溢着人类自信心的光芒，一声声鸣笛吐露着整座城市的自豪和欢乐吧。

不幸的是，"泰坦尼克号"在处女航时就碰上冰山沉没了。1500余人的不幸罹难，将这条"永不沉没"的巨轮、这件工业革命的伟大作品，变成葬身海底的钢铁垃圾，变成被艺术家反复演绎的悲剧，变成人类文明史的一个重要符号和隐喻。

一百年匆匆而过，贝尔法斯特这座在十九世纪依托英国工业革命红利迅速崛起，又在北爱尔兰冲突中经历了血与火的城市，现在已经变得平和而从容，据说它是全英国生活成本最低、社会治安最好、除伦敦外吸引外资最多的城市。在沉船百年建成开放的泰坦尼克博物馆，成了贝尔法斯特的新地标，也象征着它重新崛起的勇气。

若是晴天，泰坦尼克博物馆会在海边闪闪发光。它的造型十分独特：远看像大洋里漂浮的冰山，近观又似拼合的巨轮船头无畏向前。我在博物馆里坐上电动轨道车，进入造船"现场"，通过现代科技手段，在叮当作响的锤击声和四溅的钢花中，观看工人们在各道工序上如何工作；在巨大的电子屏幕前，巨轮的内部结构和豪华设计、巨轮沉没的整个过程都一一再现；最后，透过海水色的玻璃，可以看到巨轮的一些残骸。但比起这些高科技展示，展厅中那些无声的遇难者相片和不多的遗物，更让我唏嘘和感叹。

在一次"影像中的生死学"教学中，一个小组选择了电影《泰坦尼克号》的片段，带领大家进行了讨论。后来，我就把这个片段纳入了课程中。因为尽管电影脚本虚构出罗丝和杰克，并把他们的爱情作为一条主线，不过在"泰坦尼克号"即将沉没之际，导演卡梅隆不惜用20多分钟时间，用众多人物和一系列画面，呈现了在死亡面前，船上各色人等的反应和选择，其场面之宏大之逼真，带给观众巨大的视觉冲击；其情节之绝望之惨烈，也带给观众强烈的心灵震撼。

可以说，在这短短20分钟的电影片段中，卡梅隆将人类抗拒死亡的本能与超越死亡的努力，表现得惊心动魄又发人深省。

脱死逃生，乃是所有动物的本能，它植根于基因之中，以保证物种的延续。人类也不例外。但是，人类是大脑皮层高度发达的动物，是有自我意识和思考能力的动物，是创造了文明与文化的动物，因此，面对死亡之时，To be or not to be，就成了人的一道选择题。

"泰坦尼克号"上的人们，无论是乘客还是船员，从动物的本能出发，当然每个人都想活下来。但是我们在电影中看到，面对有限的逃生资源、有限的获救时间，人的选择竟然如此不同，丛林社会的规则与人类文明的力量也在相互博弈。

按照丛林社会的规则，身体强壮的人（也包括用钱来换取逃生资源的人），最有可能获得逃生机会，只要他们不在乎其他人的死亡。罗丝的未婚夫卡尔就是其中之一。他先是拿钱收买船员，后又冒充一个孩子的父亲，以获得登上救生艇的机会。

"妇女儿童先走"，并不是一条成文的海上规则，只是一种约定俗成的理念，但是在大难来临之际，它在"泰坦尼克号"上被提出和执行了。这或许仍然与物种延续后代的本能相关，但又何尝不是一种被人类建构出来的精神文明和道德准则，因为它与人更高层次的身份认同相关：救助弱者，才能彰显男人的气概。在电影中，大亨本杰明·古根海姆穿上了晚礼服，手持白兰地等待死亡，据说他留给太太的遗言是："我会一直遵守男人的法则，一直到死。任何一个女士都不会因为本杰明·古根海姆的懦弱而不能上救生艇。"

那些选择与"泰坦尼克号"共存亡的人，并非不怕死，他们只是有着比死更重要的东西要守护。比如"泰坦尼克号"的船长史密斯、总设计师安德鲁和大多数船员，职业操守让他们放弃逃生。在真实的故事里，据统计有76%的船员遇难，这个死亡比例超过了船上头等舱、二等舱和三等舱所有乘客的死亡比例。当然，和普通船员相比，船长和设计师有着更为复杂的情感，愧疚使得他们根本无法想象自己会逃离。

电影中特别引人瞩目的是船上的白星乐队。开始，乐队根据船长的要求在甲板上演奏，好让乘客们能够稳定情绪。当人们四下奔逃，眼见生的希望越来越渺茫时，他们本可以各自逃命，看看能否幸运生还。但是，小提琴手华莱士转过身来重新开始演奏。他的琴声像一声召唤，其他乐手闻声而返，他们选择与音乐同在，与同伴同在，选择以音乐家的身份走完人生的最后一程。

电影中还有一些人，他们选择和自己最爱的人共同赴死：梅西百货的创始人斯特劳斯和夫人，在床上相拥着等待最后时刻的来临；在船舱中，一位母亲平静地给两个孩子讲着童话故事……他们没有奔逃，没有尖叫，他们带着骄傲和温情接受了死亡的命运。

罗丝的情人杰克，最开始带着罗丝拼命逃生。年轻的他当然想活下去，也想让自己的情人活下去。坠海之后，杰克让罗丝爬上只能容一个人的木板，自己泡在冰冷的海水中，最后慢慢地停止了呼吸。爱情，曾是杰克求生的动力之一，最终又成为他献身的动力，他以自己的死证明了自己的爱。

卡梅隆切换一个个场景，抛出一个个人物，让观众在几乎无法喘息的节奏中，去发现和感受：谁拼命地要活下去？谁选择坦然赴死？这一切的背后，是怎样的人生故事？怎样的价值理念？怎样的社会规则？怎样的心理动机？如果你在那条巨轮上，你更可能成为谁？为什么？

"死之将至，所余唯风格而已！"这是台湾女作家苏伟贞的悼亡书《时光队伍》里的话。

是的，在《泰坦尼克号》中，卡梅隆为我们展现了人类面对死亡的不同风格，让我们知道，人类是可以服膺本能也可以超越本能的动物，那些超越本能的人，让死亡变得充满人性的光辉，让死亡呈现出丰盈的色彩和厚重的质量。

那么，当死之将至时，我将如何塑造自己的风格呢？我将以何种风格死去呢？我现在并不能给予确切的回答。哲学家陈嘉映先生曾说："我倒是比较怕等到死亡真正来临的时候，没有生命力来镇定自己，这是比较可怕的。"[4]

是啊，要像科扎克那样庄严地上路，要像《巨流河》作者齐邦媛所期待的，死成个"读书人的样子"，要像"泰坦尼克号"上的那些人一样从容赴死，并不是现在咬牙发誓，将来就一定能做到的。陈嘉映先生说需要用"生命力"来镇定自己，那么，这是一种什么样的生命力呢？我相信能够让自己在死亡来临时保持镇定的生命力，一定是超越了生之本能的东西，超越了人的生物性本能的东西，因为依靠本能来牢牢地抓住"生"，只能平添恐惧，只会继续抗拒，而不会带来镇定，更不能死得从容，死得优雅，死得庄严，死得高贵。

好吧，虽然现在我无法知道我将以怎样的风格去死：是死得很酷，还是死得很平庸；是死得很优雅，还是死得很难看。但我已经知道在最后的结局到来之前，我可以做些什么去积蓄一种特殊的、超越本能的生命力。

---

4 《走出唯一真理观》陈嘉映 著，上海文艺出版社，2020 年。

在萨特的葬身之地
回望灵魂的深渊

让－保罗·萨特＼我确信我的最后一次心搏会刻在我作品的最后一页上，死亡只会带走一个死人。

美国费城华盛顿广场纪念碑＼自由是一盏灯，多少人为此在黑暗中死去。

让-保罗·萨特死的时候，我正在一所中学当老师，记得是从《参考消息》上看到的消息。我去教室上课，碰到刚下课的历史老师，我对他说："萨特死了。"旁边一个学生插嘴说："萨达特[1]死了？"那时还没有多少中国人知道萨特，从彼此交换的眼神中，我和历史老师分享着同样的感慨：我们从《读书》《外国文艺》《世界文学》中刚刚接触到一点存在主义的思想和作品，萨特他怎么就死了呢！

萨特出殡的时候，灵车后有数万人跟随。有人说，"这是1968年运动的最后一场游行"，可以想见萨特对现代法国人有多大的影响。

萨特火化后被葬在蒙帕纳斯公墓。葬礼后，波伏瓦大病一场。她说："他的死使我们分开了，而我的死将使我们团聚。"

六年后，他们团聚了，萨特的墓变成了两个人的合葬墓。不管活着的时候他们之间有过多少个"他人"，最后能与萨特同穴的，唯波伏瓦而已！和肉体关系相比，这两个在精神上"相互渗透"的人，显然具有更强的"黏性"。他们为人类的爱情史，算是提供了一种新的案例类型吧，虽然波伏瓦对他们死后的"团聚"仍然心怀不满，因为"你的骨灰和我的骨灰之间也不能够交流"[2]。

几乎没费什么力气，我就在蒙帕纳斯公墓找到了他俩——萨特和波伏瓦的合葬墓，墓碑简洁干净，白色大理石上，一朵朵红色唇印分外醒目，简直就是强加给他们的另类墓志铭。

我的包里没有唇膏，我也不是为爱情而来。我来看萨特，是为了致敬他的《死无葬身之地》；我来看波伏瓦，是为了致敬她的《第二性》和《人都是要死的》。在我的精神世界中，他们对我有着不一

1　穆罕默德·安瓦尔·萨达特，埃及前总统，1981年10月6日遇刺身亡。
2　《萨特传》[法]西蒙娜·德·波伏瓦 著，黄忠晶 译，百花洲文艺出版社，1996年。

萨特和波伏娃墓碑上的唇印

样的影响，所以还是让我与他们各自对话吧。

　　萨特，不知道你是否会预想到，在你死了之后，西方人对你的评价变得复杂了，而在中国，你的存在主义思想，对我们这些刚刚从文化荒漠中幸存下来的人，却还是很新鲜的食粮。"存在先于本质""存在即选择""他人即地狱"，在大学里，在沙龙中，你的这些概念和说词被用中文讨论着、传播着。

　　其实，我后来并没有啃完你的那本《存在与虚无》，也谈不上对你的思想有多么深刻的理解，但一年前与你写的话剧《死无葬身之地》（查明哲导演，2014）相遇，让我受到了极大的冲击，有两三天的时间，我甚至都"难以还魂"。那年，我正在北师大开设"影像中的生死学"公选课，我还邀请了我的学生班长一起看演出，算是感谢他们为课程所做的付出。但看着看着，我就开始心神不宁，悄悄地给学生发微信，告诉他们如果难以忍受，可以提前离场。

后来，为了从"魂不守舍"中回到我的日常，我不得不把我的复杂感受写成了笔记。现在，萨特，在你的葬身之地，让我读给你听吧：

【狠】

萨特真够狠的，写出《死无葬身之地》。

查明哲真够狠的，将白纸黑字变成了淌血的舞台。

他们二人合谋，让我在这一次观剧中，审美体验彻底被精神体验压倒，心灵竟无法给"美学""艺术"容出空间来。

【双重】

他们让角色经受双重拷问：肉体的和灵魂的。

观众也因此要经受双重的折磨：感官的和心灵的。

在舞台上，灵与肉不仅在交战，也在互相刺激，就像有水也有火的蒸锅一样，痛苦在里面不断升温。

在舞台下，作为观众的我们，在视觉刺激（流淌在地板上的鲜血）和听觉刺激（游击队员在拷打中发出的号叫）中坐立不安，也在他们的一次次痛苦的选择中如坐针毡。

【极限处境】

极限处境有很多种，比如突然而至、可能置人死地的自然灾害。但最可怕的极限处境，一定不是险恶的外在环境或可怕的事件，而是那险恶环境或可怕事件将人逼上伦理的绝境，你无路可逃。无论怎样选择，都无法摆脱随之而来的精神痛苦，你甚至愿意用肉体的痛苦来避免精神的痛苦，或者用"结束"来摆脱这个处境，如跳窗自杀的索比埃。

但是，如果放在中国，是不是就很难出现这种意义的极限处境？中国人似乎无论做出何种选择，马上会有说辞来修正认知上的冲突，让自己的心灵归于平静，就像刘再复说的，中国文学有很多"乡村情怀"，却缺乏"旷野的呼号"，即"灵魂的辩论与对话"——"我们无法真正向内心挺进，向灵魂深处挺进，因为我们没有灵魂的深渊"。

所以，萨特可以写出《死无葬身之地》，中国人写不出来，中国人写出来的是《活着》。

【撕裂】

极限处境，展现最深的人性，脆弱也好，勇敢也好，温情也好，暴躁也好，它们都从人性的底部直冲上来，用不着再克制，也不必再文饰，每个人最在意的，最担心的，统统都暴露了。

但极限处境还撕裂人性，它让人不再完整，它逼迫你的一部分说 YES，另一部分说 NO。

表现人性的撕裂，才让这部话剧有了所谓的深度，将"灵魂的深渊"抛掷在观众的面前，让我们不寒而栗。

【自尊】

自尊让吕茜不想再活下去，她知道，带着被玷污的肉体，带着默许战友杀死弟弟的巨大愧疚，"活"下去有多难！

所谓的自尊，就是保有自身的尊严，这是自我对自我的肯定，有了这样的肯定，方能直视他人的目光。但对吕茜来说，经历了这些事件之后，她认为自己尊严尽失。

活，难以避开他人的目光。按照萨特"他人即地狱"的观点，吕茜即便活下去，也是活在"地狱"之中。

但自尊何尝不是使人成为"人"的力量？自尊不是来源于"我"与"你"、"我"与"他"的对话，而是来源于"我"与

"我"的对话。萨特把"他人"视为"地狱"，他看到的是人与外部世界的关系；但最不同于动物的，或许正是人还有与内部世界的关系，会有"灵魂的双音"，这可能导致"自我也是自我的地狱"。

吕茜把自己放进自我的地狱中煎熬，恰恰让我感到她是一个真正的"人"，而没有全然异化为"革命"的工具。

【荒诞与意义】

对那个曾经的医学生利昂来说，在这个极限处境中，最可怕的仿佛不是死，而是生命的荒诞和无意义。他认为自己是有罪的，因为在被迫执行一个不能完成的命令时，三百个人"被无辜地杀死了"，且"我们的死对任何人都没有用"——于是，他感到"我的一生只是一场错误"。

30 岁就要死去，这是可怕的，但更为可怕的，是死在"一生只是一场错误"的巨大荒谬感中，那 30 年的岁月像洪水冲刷过的大地一样荒凉。瞿秋白临死前写了《多余的话》，他说"滑稽剧始终是完全落幕了，舞台上空空洞洞的"——我想，那时他也感到自己的生命既荒诞又荒凉吧。

这似乎在印证维克多·弗兰克的观点：人是寻求意义的动物。有了所谓的"意义"，痛苦、磨难、死，都是可以忍受和接受的。但万一，到了生命的最后关头才发现"一生只是一场错误"呢？很多时候，那个叫作"历史"的魔鬼，会用它怪异的力量将我们卷入其中，并成功地催眠我们，让我们误以为自己找到了"意义"。

萨特展示生命的荒诞，又让利昂去追问生命的意义，或许他就是想用这两者之间的张力，让我们不得安宁吧。

【幸与不幸】

让被抓进来了，但他没有"暴露"，所以有可能脱身。战友们可以出卖他，也可以保护他；他可以站出来指认自己，好让战友们少受一些皮肉之苦，也可以选择不暴露，好能脱身去报信，让60个游击队员避免再被杀戮。

于是，让陷入困境，他为自己没有手铐而感到羞耻；当战友们因为他没有被拷打而不将他视为同类时，他说"我比你们大家都更不幸"，却遭到15岁的弗朗索瓦反唇相讥："大家看看他呀！大家看看他呀！说什么是我们大家当中最不幸的人。他好吃好睡，双手自由，他可以重见天日，生活下去。还说什么最不幸。你想干吗？要人家同情你？坏蛋！"甚至，在吕茜被摧残后回到牢房，他想安慰自己心爱的女友，都遭到拒绝。

幸与不幸，不同的位置带来不同的感受，如果有标尺的话，它总是拿在每个人自己的手中。也许，最不幸的就是这点，不幸的人各有各的不幸，每个人都戴着有色眼镜，觉得自己标尺下的影子是最黑的。

【驱力】

三个主要的反派人物都很残暴，但表现形式不一，后面的驱力也不同：

那个叫贝勒兰的小催巴，最恨戴眼镜的利昂，他想方设法折磨利昂，只因为利昂上过大学，而自己"没有有钱的父母替我付学费"，十三岁就离开中学去谋生了。贝勒兰忍受不了有知识的人，其实是忍受不了没知识的自己。审问被俘的游击队员，给了他一个让自己显示优越，让有知识的人受到羞辱的机会。在那一刻，他感受到了报复的惬意——匮乏，真是生命的毒汁啊。

朗德里约，这几个人的头目，他似乎不那么喜欢血腥的拷打，他拖延审讯，让人擦去血迹，要求克洛谢到别处去刑讯逼供。但，这是否意味着他还残存了几分人性？萨特并没打算把他塑造成一个还有灵魂、灵魂还在交战的人，而是让他不断地叨叨"一个不招供的家伙，真叫人无法容忍"——获胜，他就是想获胜。游击队员招供了，就意味着自己赢了，反之自己就输了。他不能容忍的，就是自己会输——这个人从小是在骄纵中长大的吧，他是否尝过被人拒绝的滋味？输了的滋味？在他的人生词典中，除了胜败输赢，是否还有过其他的词汇？

克洛谢无疑是最残暴的，刑讯犯人让他享受到了快感，他欲罢不能，称自己"工作"起来就不感到"饿"。克洛谢仿佛一头嗜血的动物，鲜血和受刑者的号叫，都让他感到亢奋。拷打，对他而言就是一种能让精神愉悦的毒品，他早已中毒了——仇恨，必定是他小的时候埋藏了太多的仇恨。这些曾让他无处发泄的仇恨，变成了今天挥舞皮鞭、操纵他人生死的快意。

为了享有这份快意，他不惜违背命令，将假装供出队长以求活命的游击队员杀死。

枪声响起，一次、两次、三次，那短短的瞬间，他一定充满快感，毙了游击队员，也在精神上毙了对自己吆三喝四、冷嘲热讽的上司——但那快意的一瞬间过去之后呢？

【雨】

吕茜决意赴死，用肉体的死来消灭一切痛苦。一直暗恋着她的利昂也不愿意在掐死弗朗索瓦后再活三十年，"活着的每一分钟，都要扪心自问"，这是生命不能承受之重。

死亡，仿佛就要在大幕降下之前来临。

突然间，囚室外风雨大作，雨水顺着窗子流下。

一场雨，让吕茜决定不去死了。

雨，只是唤醒了她的求生本能吧，而不像导演在演出后的交流中说的，雨让吕茜觉得活下去才能获得尊严。

尊严，是人类发明的概念。生命大于概念，自有它的力量在。据说，一心想从生活中逃开（自杀）的托尔斯泰，也曾在日记中写下，因为清晨望见朝露而暂时放下死念。

雨，大自然的现象，充当了生命的信使，唤醒了吕茜的生命意识，让她喊出："我爱生活！我爱生活！"

【对吗】

吕茜和利昂接受了卡诺里的建议，用假情报换取活下去的机会。但是，她仍然无法确定这样的选择是否正确，她问卡诺里："我们做得对吗，卡诺里？我们做得对吗？"

之后，她对着观众席再次呼喊："我们做得对吗？我们做得对吗？"

这是导演最成功的一笔，他把拷问扔给了我们观众。

观众们默然，许久，一个与吕茜面对面坐着的女士，用不那么坚定的语气回答："做得对！"

我猜她是被那个气场震住了，似乎必须得做出这样的回答，让戏继续下去。

但我相信，萨特其实没有答案，导演其实也没有答案——没有答案的世界，更残酷，也更神秘，生命在其中穿行，便有了探险的味道，便有了淬炼的机会，便有了各种各样的可能性。

【死及其以后】

最后，他们死了，在三排密集的枪声中，他们死于克洛谢把握控制权的心理需要中。

萨特是怎么想的？在点燃希望之后又扑灭希望，这是残忍还是仁慈？

我宁愿相信这是残忍包装着的仁慈，因为无法想象，他们如何活在羞愧、罪疚感之中。或许在有宗教感的西方人心中，这种道德上的压力比拷打更难以忍受。

萨特用死解放了三个灵魂——通过死，他们和300个无辜死去的人，以及那个被掐死的15岁男孩平等了；也通过死，他们灵魂的煎熬结束了。

但死了以后呢？他们会被人怎样谈论？会被贴上怎样的标签？

我相信死了以后的他们，将不再是真正的"他们"，他们必定会变成失去色彩和光影的简笔画。故事，会变成事件；生命，会变成角色。所有公开的、隐秘的挣扎，冷血的、温情的行为，都会被一座冰冷的石碑覆盖。

太阳，还在东升西落。

我们，站起来，离开剧场，暗自庆幸自己没在灵魂的深渊里。

好吧，萨特，你死了，这是你的葬身之地，你能表现出人类灵魂的深渊，你就避免了精神上的死无葬身之地。我，一个中国女人，因为《死无葬身之地》而经受了一番精神折磨或曰洗礼，现在我把我的观剧笔记，当作一只为你编织的花环在此献祭，括号里的那些关键词，你不妨看作一朵朵的红玫瑰吧。我猜，比起鲜红的唇印来，你应该更喜欢这文字的花环，虽然它由你不懂的中文编织而就。

再见，你这小个子的法国男人，现在，我要走了，到咖啡馆去找你的伴侣波伏瓦聊天。两个女人适合坐下来说话，而不是站在墓地里絮叨。

在波伏瓦的咖啡桌边
聊聊人无不死

别尔嘉耶夫〉生命是高尚的，这只是因为在其中有死亡，有终点，这个终点证明，人的使命是另外的一种更高的生命。假如没有死亡和终点，那么生命就将是卑鄙的，就将是无意义的。

谢利·卡根〉死亡是一件好事，它让我们避免了永生这种不招人待见的命运。

"我坐在双偶咖啡馆内，眼睛瞪着咖啡桌上的白纸……我感觉得到我的手指蠢蠢欲动，我需要写作……其实我想写我自己，第一个升起的念头是：作为女性自身的意义是什么？"

如果我告诉你是谁的手指"蠢蠢欲动"，你一定会猜出那手写出的是什么书。

西蒙娜·德·波伏瓦。

没错，是《第二性》。

不过，波伏瓦，我来咖啡馆与其说是来觅《第二性》之踪，不如说是来寻《人都是要死的》[1]之味，它的读者应该比《第二性》少多了，偏偏我是其中一个。

旅游旺季，正午时分，花神咖啡馆居然闭门谢客。我们径直来到双偶，找了个僻静的角落落座。人不太多。隔着几张桌子，一位优雅的女士在咖啡桌上堆了几本书，还不时低下头去，看动作像是在写作。

在双偶咖啡馆里阅读、写作的女人

---

1 《人都是要死的》[法]西蒙娜·德·波伏瓦 著，马振骋 译，外国文学出版社，1985 年。

吃饱喝足了，我才发现我旁边就是萨特、波伏瓦常坐的位置，他们的名字现在被刻在了铭牌上。墙上还有波伏瓦正在写作的照片，黑白的，人很小，猛一看有点像个男人。

读这部小说时我32岁，刚刚经历了一场小小的冲击：

那个初夏的早上，我穿了一袭浅绿长裙去上班，那是用妈妈从欧洲带回的一块布料做的。刚走进办公室，电话铃声响起，医院让我马上办住院手续，准备手术。

跨进病房时，我觉得病友们看我的眼神有点异样。开始，我以为是我的裙子太扎眼了，毕竟那是80年代中期，中国改革开放不久，人们的生活还很"朴素"。等发现她们床前的卡片上都写着"cancer"（癌症）时，我才理解了她们看我的眼神中，包含着惊诧、惋惜与同情。

是，我还太年轻了，但同屋还有比我更年轻的。病友小孙，28岁，漂亮温柔，据说丈夫家暴，对她十分恶劣，结果后来她成了病友中第一个离世的。而我，因为不是"cancer"，在那次惊吓之后又多活了32年不止。

那么，如果你今天问我，是否还想再活32年，是否希望活过百岁，甚至活得更久，我会很坚决地告诉你：谢了吧，我可不想成为福斯卡。

福斯卡，就是《人都是要死的》主人公。波伏瓦，你让他活了600多岁还要没完没了地活下去。我不知道当整个欧洲都血流成河、尸横遍野时，你怎么会想到塑造一个不死的人？也许，这来自一种逆向思维？甚至，它来自你在那个时间感受到的生命的短暂与脆弱？在你写作此书之前，巴黎已经被德国人占领，你的灵魂伴侣萨特，已被德国人关进了战俘营，虽然最终他获释回到了巴黎。

"人生处一世，去若朝露晞。"生命的短暂与脆弱，始终是让人感觉焦虑和恐惧的事情。所以，长生不老，万寿无疆，永远活下去，才会成为一些人的梦想与追求。古往今来，见怪不怪的是，人类中的一些分子，总是会以各种稀奇古怪的方式，企图让"永生"这一执念变为现实，古有服仙丹的皇帝和道士，今有把身体冷冻起来等待复活的人们。现在，凭借互联网，这支队伍已然吹响了集结号。在一段视频中，我看到在美国举行的"第三届反衰老与死亡大会"上，这些被称为"激进生命延续主义者"的人们，喊出了"征服衰老""征服死亡""永生革命万岁"的口号，还展出了基因治疗等"永生"技术与设备。

波伏瓦，你如果看到这些场面，会露出怎样的表情？我猜你是会不屑的。

因为你塑造的福斯卡，不死的福斯卡，一点儿也不幸福，甚至越活越痛苦！最开始，福斯卡还是生活的参与者，他忙于让自己的城邦繁荣强大和摧毁敌人。后来，他喝下了来自埃及的不死药，等待他的是这样的命运：妻子死了，儿子死了，孙子死了，所有的伙伴死了，身边再也没有一个同时代的人。不死的他，在欧洲经历了战争、宗教冲突、大革命、大瘟疫，也在游历世界中看到了奴役、贫困和不平等，虽然他也看到了重建与新生，有过一次又一次的爱情，甚至还看到科学的进步让人们对世界的认识越来越深，但是，这一切对他都失去了意义——他说，"要是一个人活得长的话，就会看到任何的胜利总有一天会变成一场失败""对于不死的人来说，爱情只是一个偶然的事件""我眼里永远流不出眼泪，心中永远点不燃烈火"——这个不死的人，因为"一生中的玫瑰花太多了，春天太多了"，便再也无法消化这些美好，也不会再为丧失产生锥心之痛，"痛"并"快乐"都被"永恒"所稀释，孤独与厌倦让他变成一个局外人，冷漠和麻木不再是"新常态"而变成了常态、老常态。他在太阳底下四处游荡，却不觉得还有新鲜事，"又怎么样呢？"成了他的口头禅。外部世界不再能给他刺激，与此同时，作为一个人的优秀品质，比如承担责任、坚强勇敢、不怕牺牲、善良体贴、富于想象力等等，都因为他永远不死而被消解了——它们似乎不再与主动选择相关，仅仅是"反正也死不了"的衍生品而已。

那么，这个叫"福斯卡"的人究竟是谁呢？他的生命价值体现在哪里呢？从最初的"在这个没有面貌的天空下，我昂然而立，生气勃勃，自由自在，永远孤独"，到最后他的灵魂和他的肉体一样，成为天地间的游荡者。没有了终结，也就没有了紧迫感；没有了紧迫感，也就没有了创造的热忱。没有归途，也就没有了挂念；没有挂念，也就没有了"我"存在的意义和价值。这样的福斯卡是活着，还是死了呢？抑或，还是我们的成语"行尸走肉"表达得更为准确？

波伏瓦，我不知道你一开始下笔时，是否充分意识到了"不死"是可怕的？写作的奇妙之处，就在于它能为人提供一个不断发现、不断深化自身认知的机会，所以通常收笔时已然超越了落笔时的想法。我想，随着你给福斯卡编出越来越多的故事，让他一次次经历或激烈或凝重的历史时刻，或热切或平凡的日常生活，他对于死、对于生，才有了复杂微妙的感受与认识，"不死"才从渴望变成了恐惧，就像娇艳的花苞慢慢绽放，最终吐出了有毒的花蕊。"永远活着"，这令无数人艳羡的命运，变成了福斯卡的天罚。在他眼里，那些"愿意选择生与死来完成他们作为人的命运"的人，才是自由的。

中国学者熊培云写过一篇《人是什么单位？》的短文。他的答案是："人是时间单位"，因为"人归根结底就是一段时间。没有时间，就没有生命，我们在时间中获得生命"[2]。

福斯卡的问题正出在这里：他拥有的不是"一段"生命，而是不能完结的生命。当生命只有起点没有终点之时，他说自己："我已经不知道什么是痛苦，什么叫欢乐，我是一个死人。"

---

2 《自由在高处》熊培云 著，新星出版社，2011年。

在这里，"死"和"活"竟然翻转了，当然不是在生物学的意义上，而是在存在主义哲学的意义上。

到底"活人"和"死人"区别在哪里？

福斯卡在游荡中看到了一些人，虽然他们知道自己终有一死，但是甘愿冒着死的危险，去为"自由、幸福、进步"奋斗。"有时，他们心中燃起一团火，这团火他们称之为生。"

心中有火方为生。

这个答案很简单，也很不简单。

"火"，就是史铁生喜欢说的那个词——"在世热情"吧。

但毕竟不是什么人都有幸能找到这团火的，或者能不断地为这团火续命的，或者有幸在一团火熄灭之后，还能找到、点燃一团新的火。

福斯卡本来是心里有火的，但是无限的生命让这团火失去了燃烧的激情，最后自我熄灭了。

火，生命的激情，是被生命的有限性激发的。"夕阳无限好，只是近黄昏。"因为有了对生命黄昏的感知，才会格外感觉到"夕阳无限好"，不是吗？

波伏瓦，幸亏我们都不是福斯卡。虽然我们看到太阳每天东升西落，却都知道它并不永远属于我们。那天，当加缪在车祸中丧生的消息传来时，你望着冉冉升起的太阳喃喃自语："今天他看不见太阳了。"

虽然那时你已经与加缪分道扬镳，但他的死仍然深深地触动了你。

和萨特相比，你对于死亡似乎更加敏感。你的传记作家说你27岁时曾在"存在的快乐和死亡的恐怖之间"摇摆不定。[3] 20世纪50

3 《西蒙娜·德·波伏瓦传》[法]克萝德·弗兰西斯、费尔朗德·贡蒂埃 著，刘美兰、石孔顺 译，中国妇女出版社，1989年。

年代中期，当你终于有了自己的工作室，可以在"周围的墙壁第一次属于自己了"的环境里写作时，你竟然称它为"这便是我的死亡之床"。

这有什么不好吗？我觉得没有什么不好。在人们的平均寿命变得越来越长时，怎样度过加长版的人生，而不把它们变成垃圾时间，着实是一个新问题。既然人类的平均寿命正在变得越来越长，那么最好能在一个人生命的不同阶段，让死神 shock 一下，把我们从福斯卡式的不死妄念中震出来，面对"人无不死"的生命真相。这真相会帮助你活得更真实、更努力，更不留遗憾。

美国斯坦福大学心理学教授劳拉·卡斯滕森认为，人本质上是动机性的动物，期待实现的目标会指导人的行为。在人的动机中有一个很重要的成分，叫作"时间知觉"。人对时间的感知，会影响其对目标的选择与追求。波伏瓦，根据这个"社会情绪选择理论"，很容易理解为什么 1941 年—1946 年是你和萨特创作的黄金时期，因为战火烧到了你们身边，在你们身边徘徊的死神也是你们思考与写作的影子推手哩！

波伏瓦，福斯卡让我的死亡恐惧从单纯的"怕死"维度，又生成了"怕不死"新维度，我将在它们之间的张力中度过我的人生，不，是"渡过"我的人生。"渡过"这个词不适用于福斯卡，因为他没有彼岸，人生对他就是无边苦海。而我们凡人，虽然必死，却又可能活得越来越长，那我们似乎就更需要一些东西来对付生命中有可能出现的单调和无聊，以及生命本身的无意义，好让"渡过"变成一段精彩而非乏味的旅程。

波伏瓦，我觉得你是幸运的，你的幸运并不在于你活到了 78 岁，而在于你很早就找到了自己的在世热情。你 15 岁时，有人问你"将来想做什么"，你毫不犹豫地说："一个作家。"你一直觉得写作是你"一生中伟大的事情"，"每完成一本书都促使我去写另一本书，因为世界展现在我面前"。在酷爱写作这一点上，你和萨特也真是相得益彰，他说："我没办法让自己看到一张白纸时，不产生在上面写点什么的欲望。"这也许是你们中间有过他人，却不能被取代的原因之一吧。

旅行，也是你酷爱的。据说你一生完成了 200 多次世界旅行。你年轻时就喜欢在森林里徒步，你的传记作家说"大自然是波伏瓦驱除恶魔的特权领地"。

这样想来，我也是很幸运的。幸运的不是我活了 32 岁的倍数，而是在人生的不同阶段被死亡 shock 过。有朋友说，我有时间焦虑，似乎活得不够从容。我想，这种时间焦虑正是来自几次死亡的 shock，让我对生命有限性有很深的体认吧。不管怎么样，我知道我死的时候不会有太多的遗憾，因为我虽然没有波伏瓦你这样的才华，但是我也没浪费自己。我一辈子大部分时间做的是自己喜欢的事情，虽然经历过几次职业的转换，但它们都为我心里那团火续了命。

波伏瓦，你曾认为《人都是要死的》是你的一部最佳作品，"是其他作品无法媲美的"。彼时《第二性》尚未出版，你当然也不会想到，日后人们更多地把《第二性》与你的身后之名连在一起，而不是这本探讨死亡的小说。不过，我能在咖啡馆里和你说说我的读后感，你大概也会感到一些宽慰吧。

你的法国老乡蒙田曾说，我们的房间应该要有一扇可以俯视墓地的窗户，它会让一个人保持头脑清醒。

我看到，在安葬你和萨特的蒙帕纳斯公墓不远处，有一座高耸的蒙帕纳斯大厦。我希望在那里工作的人们，能够常常俯瞰一下这座埋着无数名人的墓地，让"人无不死"变成一种驱动力，去创造不悔的人生。

此生未完成

王小波 ＼ 一个人只拥有此生此世是不够的，他还应该拥有诗意的世界。

仓本聪 ＼ 拥有了生活的余裕，能做的事情却一件也没有，这才是最不幸的事情。

我非常喜欢格式塔心理学的一个概念，叫作"未完成事件"（unfinished business），它让我有一种洞穿之感：原来，人们的很多行为并非仅仅来源于当下的刺激，还与早年间的某些事情秘密勾连，甚至当下的事情只不过是一个扳机点，它触发了早年的心理创伤，强烈的情绪便喷发出来。记得在参加国际心理创伤治疗连续培训时，德国心理治疗家索桃丽老师就说：强烈的情绪只有 20%~30% 是现实引发的，70%~80% 是来自"旧伤"，也就是那些"未完成事件"。

之所以会这样，是因为有些事情发生时，当事人没能力或没机会在知觉领域充分体验到它带来的复杂情绪，更没办法将它们释放出来，于是这些情绪就潜伏在大脑的杏仁核里。杏仁核是我们大脑中的一个超级敏感的警报器，再遇到类似的情境，杏仁核就指示我们立刻做出反应，可惜这些为了维护我们的生存或自尊做出的反应，往往并不恰当，甚至十分过火，结果就造成了我们与他人之间更多的麻烦。

要让这些"未完成事件"不再干扰我们当下的生活，就需要觉察到它们的存在。觉察了，才能在警报再次拉响时慢下来，让杏仁核发出的信息到达大脑皮层，那是我们人类进行理性思考的地方，能帮助我们分清什么是现实、什么是过往，从而做出合理的行为反应。

当然，很多时候，当那个"未完成事件"太大时，你需要心理治疗家的帮助，他们会通过一些奇妙的方法，让这些"未完成"的事情"完形"，减轻它对你现实生活的影响。

发展心理学家发现，到了老年，人需要对自己的生命进行整合，处理那些"未完成事件"，放下一些不能实现的愿望，与命运达成和解，这样临终的时候才会有"圆满"的感觉，才会走得安宁和坦然。

是的，善终不仅仅是活得久，走得没有肉体痛苦，善终也需要精神上、心理上的"完成"感。

但是，走进意大利佛罗伦萨美术学院美术馆，我却对"未完成"

有了新的理解。

这座美术馆的镇馆之宝，是米开朗基罗的雕塑《大卫》。我相信很多人和我一样，无数次在画册和视频上看到过"他"。但是，当"真"的大卫出现在眼前的那一刻，会是什么感觉呢？

展厅尽头，穹顶之下，那个身高 3.96 米，加上基座有 5.5 米高的裸体男人，正高高地、毫不羞怯地矗立着。

佛罗伦萨美术学院美术馆中的大卫雕像

一瞬间，我竟然不能呼吸！

为什么要旅行？为什么要看原作、看真品？

答案就在眼前。

慢慢地走向前，再慢慢地围着大卫转一圈，从不同的距离、不同的角度，看大卫。

我看到"他"的脸在平静中带着温暖和喜悦，在沉着中带着严肃和坚定；在某个角度，我居然还看到了几分凶狠。

卷发、深陷的眼窝、隆起的眉骨、笔挺的鼻梁和性感的嘴唇，组合成一颗俊美的青年男子头颅。微侧的躯体，一半静态一半动态的四肢，在光线下显得更加凹凸有致的肌肉组织，还有从胳膊到手背上清晰可见的血脉，让这块石头有了力量和动感。

但最让我惊异的是这块石头的"气质"："他"既纯真又成熟，既柔和又刚强，既自控又自由，这些两极的气质，竟然能毫无痕迹地在"他"身上一起显现与发光。

外在的俊美与内在的丰富所混合出来的气质，让大卫从石头这一物理性的存在，跃升为超越时代的精神性存在。

不能呼吸！

一想到"他"其实是一个石头人，一个从大理石中雕凿出来的人，一个被艺术家用他的手创生出来的人，我就不能呼吸！

在没有看到真的大卫之前，我从未想过"人"是可以如此完美的——这种完美，是凝结并渗透在骨骼、肌肉、动作与表情中的肉体之美，是完美的比例、造型与质感组合出来的美；但从"他"的肉体之美外溢出来、散发出来、喷薄出来的强大的精神之美，更是令人惊愕。米开朗基罗雕塑出的明明是"人"，但"他"却具有一种不可亵渎的、超凡脱俗的光芒。

"神作啊！"在大卫所形成的强大气场中，我叹了一口气，慢慢退到了远处，仿佛一个从黑暗中突然来到阳光下感觉到眩晕的人。

大卫对我听而不闻，视而不见，"他"的目光越过我们这些活人的惊叹和崇拜，望向远方。

无法想象，米开朗基罗作为一个人，他怎么可能创造出如此完美的作品？即便是天才，从古至今，又有几人能达到如此高度？他构思和完成这件作品所需要的能力，只能是神赋予他的！

大卫在远处闪闪发光，那不是物理意义上的光，而是一种精神的光芒。在米开朗基罗所创造的"他"身上，没有压抑，没有恐惧，没有猥琐，他的光芒来自美，来自力量，来自自由，是文艺复兴将"人"的力与美超拔到无与伦比的境界，变成了自由的象征。

一位同行的朋友告诉我，在看到大卫那一刻他差点虚脱了，后来上了趟厕所，才让自己松弛下来。

听上去像是一句玩笑，但我心有戚戚焉。是的，大卫太完美了，这种完美几乎具有一种杀伤力。

仰头望着完美的大卫，我的后脑勺有点发麻。因为我还能感觉到，在我的后方，有几件米开朗基罗没有完成的作品，我刚刚和它们相遇过。它们带给我的冲击，还残留在我体内，不完美的它们此刻正与眼前完美的大卫形成了一种强烈的张力。

我多么庆幸与它们的相遇是在看到大卫之前，在我被完美的大卫"亮瞎眼睛"之前！要不然，它们就会像在旅途中遇到的无数路人甲一样，和我擦肩而过。

我并不知道这几件未完成的作品叫什么名字，由谁委托米开朗基罗制作，创作的时间拖了多么久，又因为什么原因最终没有完成。我并不在乎这些"信息"，在互联网上那都是很容易查到的。让我珍惜的是，在我见到它们那一刻，它们竟以一种神奇的力量，让我驻足不前，心跳咚咚。

说是"未完成"，但它们的完成度还是不同的，有的似乎只剩下细节还需要雕琢和打磨，有的才刚刚从粗糙的大理石里露出部分肢

米开朗基罗没有完成的作品

体。米开朗基罗有句流传很广的名言："其实这形体本来就存在于大理石中，我只是把不需要的部分去掉而已。"显然，这些作品还有很多的"冗余"，米开朗基罗来不及把它们去掉了。

　　然而，一个一个看过去，我开始心惊：这些"未完成"的作品竟然也是有"生命"的！我分明感觉到了它们——不，是"他们"——在呼吸，在战栗，在挣扎，在哀伤，在叹息，在哭泣，在渴望……他们仿佛根本不在意自己的肢体是否完整，皮肤是否光洁，面孔是否清晰，只要米开朗基罗赋予他们灵魂，他们就可以毫不畏惧、毫不害羞地展示自己的生命——那不完美的、残缺的、模糊的、同样彰显价值的个体生命！

　　在大卫那个完美的场中，我看到的都是观众和他们惊奇赞叹的目光，艺术家本人已经功成身退了。虽然，我更愿意相信他躲在一个谷兄里，眼中带着一些好奇，嘴角带着一抹蒙娜丽莎式的微笑，正在悄悄地观察来到大卫脚下的人们。但五百年来，太多惊奇的目光，太多赞叹的声音，已经让他心生厌倦了吧？

但在那些"未完成"的作品中间，我能强烈地感觉到米开朗基罗仍然在场！我仿佛看到他时而跪下，时而起身，时而抚摸着石料，时而拿起凿子，时而低头沉思，时而仰头祈求，眼睛里的光一会儿灼热，一会儿黯淡。

在这个场里，焦灼、紧张、喜悦、欢欣、沮丧、痛苦、希望、绝望，全都与艺术家在一起，它们此起彼伏，相互激荡，翻滚不息。在这个场里，艺术家与他的造物相爱相杀，灵感突现又被怀疑扼杀，热情勃发又被疲劳击垮，内心汹涌的情感，苦苦寻找着将它们外化的神奇力量。

也许，这就是我们大多数人的处境吧。终其一生，我们都达不到"完美"；终其一生，我们永远无法完成一件大卫式的作品；终其一生，我们都会有很多残缺与遗憾。但，这不意味着我们可以没有个性，不意味着我们不能创造价值，不意味着我们不能拥有丰富的情感，不意味着我们要放弃对生命意义的追寻。

《大卫》原本也是别的艺术家的未完成之作。1464 年，一个叫多纳泰罗的艺术家，在一块采自阿尔卑斯山的白色大理石上刻出了大卫的下肢、躯干和衣着的轮廓，却莫名其妙地停手了。两年后，艺术家去世。但这件留在人间的未完成之作，不知是因其石料的稀有贵重，还是其他原因，1501 年，当局决定再找一位艺术家完成这件作品，26 岁的米开朗基罗"中标"，他用了两年多时间完成了这一作品，把奇迹留在人间……

不知道米开朗基罗接手时，眼睛里看到的是什么？在后来的三年中，大卫是如何在他心中成形，又如何在他手中诞生的？他有过迷茫与踌躇吗？有过力不从心、想要放弃的念头吗？是什么支撑着他最终完成了创作？当他放下手中雕刻工具的那一刻，他曾在心里对自己说过什么吗？

米开朗基罗29岁就完成了"大卫"，然后又活了60年，留下了梵蒂冈西斯廷礼拜堂的天顶画和《最后的审判》《哀悼基督》等大量人类艺术史上的极品。据说，在去世前几天，他还在雕凿《巴勒斯屈那圣母抱耶稣悲恸像》。

这样说来，米开朗基罗的一生也是未完成啊！

如果再多活几年，他会完成那些作品吗？还是会又灵感爆发去开始创作一件新的作品？

我相信，米开朗基罗终将会留下一些"未完成"作品，也终将会让自己的生命在作品"未完成"之时落幕，对他而言，"完成"才是一件不能忍受的事情——停止了创作，该拿这还活着的生命怎么办呢？

此生未完成，这是一件好事，还是一件坏事？

于娟，复旦大学的年轻教师，32岁时就被乳腺癌夺去了生命，她留下一本作品，书名就是《此生未完成》。这本书也是我的"影像中的生死学"课程漂流书。

于娟去世的时候，她的学术和教育生涯刚刚铺展开来，她为人妻、为人母的角色还不曾丰满，她的许多才华，还蛰伏在生命深处等待激活，但一切都来不及了！

"死亡永远比预期来得早。"记不得在哪本生死学著作中读到这句话，只记得当时打了一个激灵。

对于89岁的米开朗基罗来说，死亡肯定比他的预期来得早，那些"未完成"就是证明；对于32岁的于娟来说，死亡肯定更是比预期来得早，否则她不会感觉"此生未完成"。

但是，我却越来越喜欢和接受生命的"未完成"——如果"未完成"不是因为自身懒惰，不是因为恐惧退缩，不是因为环境的严酷无情，而仅仅是因为——时间不够了，那不就是一直怀抱梦想生活到最后吗？这样的一生该是多么令人艳羡！

感谢佛罗伦萨美术学院美术馆，珍藏了这些米开朗基罗的"未完成"，并让它们和大卫共处一室，因为这样我才感觉到了艺术创作的惊心动魄：某个瞬间灵感爆发，某个阶段物我两忘，某个片刻自我怀疑，某个时辰筋疲力尽……艺术家的生命之光，在这些激荡与起伏的过程中燃烧着。

于娟，你32岁的人生，的确也是"未完成"，因为它还在以另外的形式延续着。在漂流书《此生未完成》的空白处，我的一个学生竟密密麻麻写满了一页。

不管是活到32岁还是89岁，一个有"未完成"感的生命，一定到最后都是充满热情的，他们总能听到召唤，总能发现待开垦的处女地，总有播种的渴望，总有丰收的梦想，那是多么美好的事情啊！

如果我在临终之时会有遗憾的话，我希望那是一种"还有那么多美妙的事情没有来得及做"的遗憾，而不是"一辈子没有好好活过"的遗憾！

我来到这个世界为的是……

《千与千寻》主题曲《亲爱的旅人啊》\你灵魂深处\总要有这样一个地方\永远在海面漂荡\在半空中飞扬\永远轻盈永远滚烫\不愿下沉不肯下降

设拉子，一座伊朗古城，我 18 岁就记住了它奇怪的名字，因为身为新华社记者的父亲，被派到那里采访波斯帝国建国 2500 年庆典（1971 年）。

43 年后，我来到设拉子，走进城边的一座墓园。

这座被伊朗人当作圣地一样来朝拜的墓园，安葬着一位诗人，他生活在 14 世纪的波斯，名叫哈菲兹。

伊朗人说，如果家中有一本《古兰经》，就至少会有一本《哈菲兹诗集》。他们还说，每个伊朗人都会背诵哈菲兹的诗。

我懂了，哈菲兹是伊朗的李白和杜甫，甚至比李杜在中国人心中的地位还要高。但在伊朗人的心目中，这个 14 世纪的诗人是怎样一种存在呢？

在哈菲兹的墓前，我没有看到人们献的鲜花，却看到了令我震撼的神情——伊朗人在诗人墓前流露出的神情，像是无声的乐章回荡在墓园里，有庄重的低音，有哀伤的咏叹，有怀念的悠长……

哈菲兹的石棺在一个小小的、精致的八角亭中，亭子上方镌刻着哈菲兹的诗句。我们的伊朗导游龙飞，抬头看着诗句，用庄重的神情和激越的语调给大家念了一遍。因拍照而走神的我，突然觉得应该把龙飞的声音录下来，但当我请求他再念一遍时，他竟一脸严肃地摇了摇头。他没有解释为什么不能再念，我却感觉到，他仿佛觉得再念一遍，是对诗人的亵渎，也是对自己真挚之情的稀释。

导游带着团友们离开了，让他们去花园里转转，那里鲜花盛开，绿树葱茏。

我刚要离开，转身之际，目光却被一位老人吸引住了。

在我们刚刚空出的位置上，一排伊朗的男女老少已经站在了哈菲兹墓前，有位父亲正在给女儿念石棺上的诗句。那位老人站在最边上，好像与周围的人毫不相干，他一只手搭在石棺的玻璃罩上，嘴角轻轻蠕动着，大概是在念诵哈菲兹的诗句。

和其他的拜谒者相比，这位老人仿佛一个另类的存在：那张黧黑的脸，一看就饱受风吹和日晒；头上破旧的编织帽和身上褪色的外套，无遮拦地暴露出他生活的困窘；眉间深深的纵向皱纹和胡子里的斑白，镌刻和渲染着他生命中的沧桑。

　　我站在角落里，充满好奇地看着这个男人。此刻，他肃立在诗人的墓前，触抚着诗人的墓棺，如同与诗人的灵魂建立了联结。他的脸上完全没有卑微与怯弱，他的神情虔诚而庄重、宁静又肃穆，诗句正从他轻轻张合的嘴唇里，汩汩如山泉般涌出……

一手抚棺肃立在哈菲兹墓前的老人

这贫寒的老人，似乎是直接从荒凉的沙漠空降到了这美丽的墓园，又像是刚刚从艰难的现世匆忙脱身，披着风尘与烟云回归到十四世纪诗人身边。

一分钟，两分钟，五分钟，十分钟，十五分钟……我站在角落里望着他，好奇的观察慢慢变成了敬重的凝视。

一批批游客来了又走，他仿佛感觉不到他们的存在，就连兴奋的小孩子也没能让他动一动。他的手依然扶着石棺外面的玻璃，他的神色依然宁静肃穆，他的嘴唇依然在默默蠕动。在某些瞬间，我似乎能感觉到，当一些诗句流淌过他的唇间，他看似不动的身体也在轻微战栗。

我被这无声的场景震慑住了，我的眼睛无法离开那张黧黑苍老却又庄重肃穆的面孔，直到泪水把它充满……

同伴们早已消失在花园里，我却庆幸自己留在了哈菲兹的墓前。面对这个我一无所知的伊朗老人，我仿佛对哈菲兹知道了很多。

伊朗人崇拜哈菲兹，不仅因为他的诗句有飞扬的激情、浪漫的想象、铿锵的韵律，不仅因为他歌颂玫瑰、美酒与爱情，还因为他的诗里有痛、有苦、有心灵的渴望与绝望。天才的哈菲兹成名很早，他本可以接受巴格达和德里的君主邀请，去做一个宫廷诗人，用颂歌换取优渥的生活，但是哈菲兹留在了波斯大地上。当蒙古铁骑占领设拉子时，哈菲兹已经是一个极度贫困的托钵僧，并在两年之后死去。

在中国出版的《哈菲兹诗集》中，有这样一首诗：

我来到这世界为的是要看到：

甚至在人类愤怒的顶点

他们还能放下手中的刀剑

……

我来到这世界为的是要看到：

在通往更伟大的灵性之路上

所有的生命一起携手

一路分享这神奇的存在

光明、狂喜的生命

永远围绕在神的周围嬉戏

……

哈菲兹啊，现代西方哲学家说，我们并非主动出生的，我们都是被"抛到"这个世界上的，可是你却吟唱出"我来到这个世界是为了……"。

你这古老波斯的诗人，拒绝被抛的命运，用一句"我来到这个世界是为了"宣告了你是你自己心灵的主宰，你声称自己来到世上便怀有期待和使命：你想见证人们放下刀剑，握手言和，天下安宁；你想看到"所有的生命"能像孩童般嬉戏在神的身边，感受生命的光明和狂喜，分享"这神奇的存在"；你希望自己和所有的生命"一起携手"，走在"通往更伟大的灵性之路上"。

哈菲兹啊，当你在贫病交加中离开这个世界时，你感到幻灭吗？你，来到了这个世界，但你没有看到你想要看到的东西，你看到的是征战、杀戮、饥馑、贫困，还有人们的痛苦与悲伤……

是不是你早就知道，你注定看不见你想要看见的，它们只是你醒不来的梦，是雪山顶上的旗云，是不散迷雾中的灯塔，是遥不可及的璀璨星空？

是不是虽然这个世界有杀戮和战火，有哭声和血泪，但你把那当作通往更伟大灵性的必经之路，因而不论人生多么悲苦，世界多么纷乱，你在你的神身边，已经感受到了光明与狂喜？

又或许，你知道自己来到这个世界后终有一别，你只是想用诗歌把你的期盼留下，让它通过人们的念诵，和你一起继续为这个世界祈祷？

那个在你的墓前久久伫立、默默念诵的贫寒老人，在他黧黑的面孔上、深深的皱纹中，是不是就有你不灭的灵魂？

那么，我来到这个世界，你来到这个世界，他来到这个世界，又是为了什么呢？

为了享受这个世界能给我的一切美好？

就像俄罗斯诗人巴尔蒙特说的：

我来到这个世界为了看太阳，
和蔚蓝的原野。
我来到这个世界为了看太阳，
和连绵的山峦。
我来到这个世界为了看大海，
和繁花盛开的山谷……

是的，这些诗句也同样能拨动我的灵魂之弦。

大自然让我如此沉醉，我不想辜负太阳、原野、山峦、大海和鲜花的存在。

除此之外，我来到这个世界上，还享受了美妙的音乐、绘画、诗歌、小说、戏剧、电影，伟大的博物馆、迷人的城市、神奇的科技、美味的食物，还有和善的微笑、温暖的拥抱、深情的爱……

我来到这个世界，接受了壮美大自然的馈赠，接受了人类创造的文明与文化的馈赠。但我来到这个世界，为的就是接受馈赠吗？

我知道在太阳底下，在蔚蓝的原野上，在连绵的山峦中，在辽阔的大海边，在繁花盛开的山谷里，常常在发生着一些事情，让我并不总能心安理得地接受馈赠，因为我是这些事情的亲历者、见证者，甚至是参与者。太阳底下的枪声与呼号，原野上饿殍和难民的身影，连绵山峦中的贫穷，辽阔大海承载的泪水，我都无法视而不见。即便是在繁花盛开的山谷里，也会有无尽的哀伤……

我来到这个世界，并没有野心做一个拯救者，孩童时期建立理想世界的幻想，早已被撕碎。但我害怕在告别世界时，不知道该如何回答"你来到这个世界，是为了什么"这个古怪的问题，这个我借诗人之口对自己的提问。

也许，我来到这个世界，上苍并没有给我伟大的抱负，给我了不起的才能，给我千载难逢的机遇，但却让许多美好的事物来滋养我，为的是让我的生命开成一朵花，一朵能让他人也觉得人间值得的花？

我来到这个世界，在大地上留下自己的汗水，在报章上留下自己的文字，在热线电话中留下自己的声音，在讲台上留下自己的启迪，在亲爱的人唇上留下亲吻，在孩子心里留下爱，在朋友身上留下关怀，在临终者身上留下温柔的触抚……

我来到这个世界，接受了馈赠，也做出了回馈。

我来到这个世界，就是为了让生命这样画出一个圆吧？

啊，巴尔蒙特的灵魂是多么炽热啊，他毫不羞涩地歌颂着自己：

> 我战胜了冷漠无言的忘川，
>
> 我创造了自己的理想。
>
> 我每时每刻都充满了启示，
>
> 我时时刻刻都在歌唱。
>
> 我的理想来自苦难，
>
> 但我因此而受人喜爱。
>
> 试问天下谁能与我的歌声媲美？
>
> 无人、无人媲美。
>
> 我来到这个世界为的是看太阳，

而一旦天光熄灭，

我也仍将歌唱……我要歌颂太阳

直到人生的最后时光！

　　好吧，我来到这个世界，是为了看太阳，也是为了将太阳的光与热折射到更多人的身上；我来到这个世界，是为了看蔚蓝的原野，也是为了在原野上播种希望的种子；我来到这个世界，是为了看连绵的山峦，也是为了探索山峦褶皱间的秘密；我来到这个世界，是为了看大海，也是为了让大海嘹亮的涛声唤醒更多的心灵；我来到这个世界，是为了看繁花盛开的山谷，也是为了在山谷的繁花中，再增添新的一朵……

　　我也仍将歌唱，直到人生的最后时光！

第二次诞生前的阵痛

也许你正在经历

谢利·卡根〉「我们将会死去」这个事实，还需要进一步的特别关照：你必须留意你在拿自己的生命干什么。就像人们有时候所说的，你只能到世间走一遭，没有再来一次的机会。我们终有一死，我们的生命是有限的，这要求我们意识到：我们有可能把生命搞砸，我们可能过着一种错误的生活。

梭罗〉我步入丛林〉因为我希望生活得有意义〉我希望活得深刻〉吸取生命中所有的精华〉把非生命的一切都击溃〉以免当我生命终结〉发现自己从没有活过

跟着好朋友杨眉，从巴黎坐火车到了法国小镇沙特尔。杨眉告诉我，在这个保留着中世纪风格的小镇上，有一座著名的沙特尔圣母大教堂，你会在里面看到欧洲现存最古老的彩绘玻璃。

　　杨眉订的公寓就在沙特尔大教堂边上，这给了我们更多的机会在不同时段探访大教堂。下午，我们先去领略了大教堂内部的"大"与"美"，包括那些13世纪的玻璃花窗；傍晚，我们听着神父的布道声与婴孩的哭叫声在弥撒中此起彼伏，感受着宗教与当地人生活的联系；第二天清晨，伴着蒙蒙细雨，我们又细细品味了教堂大门外先知和圣徒的精美雕像。

　　但是，真正震撼到我的，是夜晚大教堂的灯光秀。

从 2002 年开始的"沙特尔之光"活动，给这个中世纪小镇注入了生机。

　　那晚，吃饱饭的我们在小镇里溜达，被一阵欢快的音乐牵引着，走回了下午溜达过的农夫市集。现在，这个大棚居然在开一个大聚会，里面挤满了大大小小的孩子，当然还有他们的父母或爷爷奶奶。主持活动的看来是一家子，两个小伙子和一个老头，还有一个扎着羊角辫的老女人，充满活力的四个人，轮流带领台下的孩子和大人做游戏。在音乐声中，大家一会儿手舞足蹈，一会儿拉成大圈嗨起来，所有的人都玩得不亦乐乎。和我们中国家长喜欢当看客不同，这里的父母和爷爷奶奶都非常投入，他们跟着孩子一起唱歌舞蹈，毫无扭捏尴尬之感。一位年轻母亲告诉我们，社区每晚都有不同的活动，都是免费的。这引起了我的好奇心，活动一结束就跑上台去问那个小伙，果然他们是一家人，他爸爸带领这样的亲子互动活动已经50年了，后来全家人参与进来，现在他自己也有20年的经验了。

本来很想问问他们是怎么运营的，因为我退休后也做了公益机构。可是杨眉拉着我说，快去看大教堂的灯光秀吧，千万不能错过了。

我们匆匆折回大教堂。远远地，就听到了音乐声。那是一种不同寻常的、带着宗教感的、仿佛要渗透灵魂的音乐。我不由得放慢了脚步，放慢了呼吸，让充塞着孩子们欢快笑声的心安静、腾空，好再次与大教堂相遇。

深深夜色中，整个大教堂已经变成了"屏幕"，一束束激光从远处打在它身上，将它的轮廓、结构和图案清晰地显现出来。最开始，简单的线条就像一幅大教堂的设计图纸，安静地等待着建设它的人们。慢慢地，忙碌的人们出现了，他们从下到上，让这座宏伟的建筑拔地而起。这时，大教堂上开始有了迷人的光彩，它变得典雅又华美。但最让我感到惊艳的，是白天从教堂内部看到的那扇圆形玻璃花窗，在我心里，它就是一幅极美的玻璃曼陀罗。现在，激光将它完美的结构勾勒出来，曼陀罗特有的对称与分形、变化与有序、离散与整合，在夜空中清晰呈现，交替出现的金色、蓝色、红色和其他颜色，让它时而绚烂，时而冷艳，时而简洁，时而神秘，似乎让这个人类创造的符号有了无限的可能性。

曼陀罗，我相信它不仅来自佛教，也来自人类许多古老的文明。荣格将它首先用在自己身上，通过创作曼陀罗，寻找自己内心的力量，发现和理解自己的需求，接纳、整合、创造不同的自我，并把它发展为一种心理治疗的方法。

　　现在，有越来越多的城市开始玩起灯光秀，可某些灯光秀算是艺术吗？为什么它们让我感受到的是暴发户的炫耀，是对我视觉的侵犯和强迫，或者是新型的吸金手段呢？

　　那么，沙特尔大教堂的灯光秀有何不同？为什么它会让我念念不忘，甚至重新出现在我的梦中？想来想去，我觉得它的与众不同就在于它的超越性，它没有让人们仅仅停留在对美的体验上，更不是用炫目的光影让人屈从，而是通过讲述大教堂的故事，让人们去感知在庸常生活之上的超越性存在：圣母和圣徒在大教堂显灵的故事，带给信徒喜悦与信仰的坚定；出现在大教堂上的文字和科学符号，似乎在告诉人们，教堂也是文化的传承者与创造者。但是，音乐突然变得紧张、急迫，熊熊大火燃烧起来，那是 1194 年的一场大火，把建成不到半个世纪的教堂烧毁了！

沙特尔大教堂灯光秀"火焚"

在悲伤的音乐中，我们看到了大教堂被烧得焦黄，斑驳颓败的景象让人心碎。但是，乐音又从悲伤转变成坚定激昂，我们看到工人们用滑轮和吊车，开始运送建筑材料，他们爬上爬下地劳作着，终于将一座新的大教堂建成。它好像还是原来那座教堂，但又好像不是了。在教堂顶上，罗马式钟楼仍然挺立在左边，右边新建成的哥特式塔楼把它的尖顶刺向天穹，它们共同向着上帝呼告，又共同守望着脚下的大地……

沙特尔大教堂灯光秀"线条"

在灯光秀中，大教堂浴火重生不过是几分钟的时间，但实际上却经历了许多年。后来我才知道，沙特尔大教堂其实经历了多次大火，一次次在灰烬中的重建，才让它在屹立不倒中历久弥新！

可以想象，当教堂被焚毁时，那些曾为它呕心沥血的人们，那些用了整整一生来建造它的人们，那些怀着无比的虔诚来这里敬拜上帝的人们，会多么震惊和失落！对他们来说，大教堂并非一座遮风避雨的建筑，而是信仰的象征，是救赎的希望。他们是满怀虔敬、抱着希望来建造它的，就像我们每个人走向人生时，都会怀抱希望、怀抱某种信念、怀抱某些理想或幻想一样。

当希望不再、信念动摇、理想失落、幻想破灭之时，我们能像伟大的教堂一样重生吗？

我不由得想到书架上现代心理学开拓者威廉·詹姆斯的那本《宗教经验之种种》。在这本书中，威廉·詹姆斯引用弗朗西斯·威廉·纽曼的话说："上帝在这个世界上有两类儿女，一度降生（the once-born）与二度降生（the twice-born）。"根据弗朗西斯·威廉·纽曼的描述，那些"一度降生"的"上帝儿女"，是"从浪漫和谐的大自然中认出神的属性，而不是从人类紊乱的世界中认识它"，他们并没有经历悔恨和精神危机。而"二度降生"的"上帝儿女"则不同，他们是"经过了一道关卡，完成了一个内在的转向后"才发现神的，"人必须死于虚妄的生活，才能降生于真正的生命中"[1]。

我并无具体的宗教信仰，所以我愿意更宽泛地理解"上帝儿女"——它或许可以指我们每个人吧。

我猜想，那些"一度降生"的人应该是极少数的幸运儿，他们一生都没有遭受过太多的内心冲突，他们在大自然中汲取着美与永恒

---

1 《宗教经验种种：对人性的研究》［美］威廉·詹姆斯 著，蔡怡佳 刘宏信 译，广西师范大学出版社，2008 年。

的力量，让自己的精神世界富足而安然。

但这世界上确实有一些人是"二度降生"的，他们以前也曾是某些事物的信徒，怀着某些盼望和期冀貌似快乐而笃定地生活着，但是当他们开始走入更大的世界，或许因为接触了更为真实的现实，或许因为接触了更为丰富的观念，或许因为开始用自己的大脑思考，或者因为遭受了重大的挫折，又或许因为对自身的反思与觉察，这时候原本有序的精神世界产生了混乱，迷茫与痛苦驱走了快乐与笃定，原先的精神大教堂燃起了熊熊火焰，仿佛要吞噬掉他们赖以生存的世界。

于是，他们的生命就来到了那个关卡，一个炼狱般的关卡，接受肉体和心灵的双重煎熬。

我想，喜欢读传记的朋友一定知道不少这样的故事，很多人——伟大的人和平凡的人，都曾有过精神大教堂被火焚的时刻。那道炼狱般的关卡，可能出现在生命的不同阶段，甚至有些人可能一生会经历几次可怕的精神危机。但是我觉得最重要的、最值得关注的，是发生在 20 岁左右的精神危机。

20 岁，一个将熟未熟的年龄，一个开始从书桌抬头看世界的年龄。生死学研究者何仁富教授认为，大学阶段的生命正处在极为特殊的"精神断奶"这一转折点上。在这个阶段，一则心智生命和生理生命更加成熟，能量更加强大，需要释放和展示的方向；二则原先提供意义支撑的那些"意见系统"（如家长的意见、老师的意见、权威的意见、书本的意见等等）或因外在机缘的变化不再能够支撑，或因自己心智生命的成长而受到怀疑……[2]

但是，这些内在的需求和变化往往很难被看到。记得北大教师

2　引自何仁富于 2021 年 12 月在第三届当代中国生死学学术研讨会上的演讲《青少年的精神断奶、灵性成长及意义治疗》。

徐凯文在和我交流大学生"空心病"³时曾经说，这些学生看上去并没有太多抑郁的理由，他们大多成绩良好，家庭完整，看上去什么都不缺，且前途光明，但就是觉得活着没意义，有的最终还是选择了自杀……

"19年来，我从来没有为自己活过，也从来没有活过。"

"我不知道为什么要活着，我总是对自己不满足，总是想各方面做得更好，但是这样的人生似乎没有头。"

"我不知道我是谁，我不知道我到哪儿去了，我的自我在哪里，我觉得我从来没有来过这个世界，我过去20多年的日子都好像是为别人在活着，我不知道自己要成为什么样的人。"

这些"空心病患者"的典型话语，固然反映了当今家庭教育、学校教育乃至整个社会的问题，但是从人的成长角度来说，就像不是每个孩子断奶都很顺利一样，"精神断奶"所引起的不适和紊乱，甚至引发的精神危机，也并非当今中国独有的现象。

约翰·穆勒，英国著名的古典自由主义思想家，就是在20岁那年遭遇了精神大教堂的火焚时刻。本来，他从小在父亲的悉心呵护下，接受了当时最好的教育，从三岁就开始读希腊文，八岁学拉丁文、代数、几何，九岁遍读希腊史家的重要著作，少年阶段结束时，他已经具备了比大学毕业生还要广博的知识，并且把"做一个世界的改造者"视为自己生活的目标。但是在20岁那一年的秋天，他"犹如从梦中醒来"，发现这种没有玩伴、没有嬉戏，只有书籍和父亲的话语的生活，没有让自己建立起与世界真实的联系，自己所谓的责任感是"训导的结果"。这个发现让他陷入严重的精神危机，他感觉自己"对人类的热爱和对卓越本身的热爱已经耗尽了"，"我在旅程刚

3 "北大四成新生认为活着没有意义。"——2016年11月，北京大学学生心理健康教育与咨询中心副主任徐凯文在一次演讲中指出，价值观缺陷导致部分大学生出现心理障碍，他将此现象称为"空心病"。

开始时就搁浅了，虽然有装备精良的船只和舵，但是没有帆"，"我经常问自己，如果生命必须以这种方式度过，我还能够活下去吗？或者一定要活下去吗？"[4]

无独有偶，现代新儒家代表人物唐君毅，也是一个早慧少年，十多岁时在父亲的影响下就立下了"希圣希贤"之志。但20岁左右时，他成了一个"自命不凡、愤世嫉俗、烦恼重重"的青年，"屡欲自戕"。他给父母写信说，自己"不欲久居人世"，还附上自己19岁生日照片，上面题写着"遍体伤痕忍自看"[5]……

一个英国青年，一个中国青年；一个生活在18世纪，一个生活在20世纪。他们当时都没有遇到重大的人生灾难，却都对自身的存在，以及自己与这个世界的关系产生了深刻的怀疑，都在考虑是不是要结束自己20岁的生命。

如果放在今天，他们八成会被打上"抑郁症"的标签，被要求进行药物治疗，以减轻"症状"，防止自杀悲剧的发生。

没有得到抗抑郁药的他们，却意外地被另一服药治好了。这副"药"当然是复方，里面有不同的成分，但其最主要的成分居然是"死亡"。

约翰·穆勒后来在回忆录里说，打破他内心阴霾的"一缕阳光"，是他在马蒙泰尔的《回忆录》中读到，马蒙泰尔年幼时，父亲去世，家人悲痛不已，而当时还是个小男孩的马蒙泰尔却在悲痛中突然间受到启示，觉得自己将填补自己亲爱的人所失去的一切。"对这个场景和感受逼真的想象"震撼了约翰·穆勒，他泪流满面，突然意识到，人只有不以自己的幸福为目标，而把精力聚焦在别人的幸福、人类的进步甚至某种艺术或追求上，他们才能"顺便找到了幸福"，"唯一

4 《约翰·穆勒自传》[英] 约翰·穆勒 著，吴良健译，商务印书馆，1998年。
5 《爱与生死：唐君毅的生命智慧》汪丽华 何仁富 著，中国广播电视出版社，2014年。

的办法是寻找快乐以外的目标，而不是把快乐本身当作目标"。

对于唐君毅来说，"死亡"并非存在于书页之中，而是直接与他撞了个满怀。22岁时，他的父亲从成都回老家途中，不幸去世。在南京念书的唐君毅回乡本是奔大伯母之丧的，没想到一踏上家乡宜宾的土地却得知父亲也不在了，他号啕大哭，未及走到灵堂，已经瘫痪在地。当时唐君毅大学还未毕业，弟妹尚年幼，在经历了震惊与哀恸之后，他意识到"吾身为长子，对吾家之责，更无旁贷"。奇怪的是，当他承担起自己身为长子的家庭责任时，发现"吾一身之病，乃自此而逐渐消失"。

"死亡"为什么能将两个年轻人从精神危机中解救出来呢？也许就是唐君毅先生说的吧：他人之"死"会对自己的"生"产生活生生的逼问。

但我觉得，这种"逼问"并非纯粹是形而上的，而是将他们从20岁青年时喜欢并迷恋的思维方式——对人生对社会的模糊想象、宏大叙事、抽象思考——逼回到真实的生活中。当他们的双脚落在真实大地上，并承担起真实的人生责任时，才有可能去打通个体生命与真实世界的通道，并因感受到自己生命的意义和价值而重获新生。或者说，他们通过了那道关卡，完成了"内在的转向"，从而第二次诞生了。

那么，我们能用"死亡"这味药来治疗"空心病"吗？要知道这可是一剂猛药啊，且不是所有人都会在20岁时恰好碰上马蒙泰尔的《回忆录》，更不一定会遭遇至亲死亡这样的大悲恸。但是在生命这个最容易遭遇精神危机的节点上，在年轻人面临"精神断奶"的时刻，如果我们能让年轻人以某种适当的方式来认识死亡的面目、认识死亡的必然，会不会对他们重新建构自我与世界的关系有所帮助呢？

这正是我曾经尝试，并且有许多高校老师也在努力做的事情。

我不敢说对所有选课学生都有效，但确实让很多迷茫中的大学生有了变化。一位选修我的"影像中的生死课"的学生这样说："对一幕幕电影背后现象的思考和分享，让我明显地感到，自己对生命意义的追寻不断明朗。当你有了追求的目标，一个能让你每日醒来便迫不及待跳下床的目标，一个让你一想起便能光芒万丈地笑出来的目标，你便不再孤单。很奇怪，明明是学习生死学，一个略为吊诡的、压抑的话题，我却学会了怎样充满激情地去过活。"

穆勒从自己的经历中发现："不基于人真实发展的教育，会让人扮演一个不真实的角色，总有一天，他会被不真实击溃，转而寻找真实，重新构建自我与自己的生活。"也许，我们可以从更积极的面向去看待大学生的"空心病"吧："空心病"正是在被"不真实击溃"的那一天发作的。比起过去虚假的快乐和笃定，这些学生正处在"被击溃"而尚未"重新建构"起来的过渡中，就像被烧毁却一时还无法重建的大教堂，会给人凄凉、无助、丑陋甚至是绝望的感觉，但也许那正是"第二次诞生"前的阵痛。

那么，人还会有"第三次诞生""第四次诞生"吗？据说在萨提亚疗法的开创者维吉尼亚·萨提亚的未完成稿中，她提到了人的"第三次诞生"和"第四次诞生"。可惜我还不知道萨提亚说"第三次诞生""第四次诞生"是指什么，又会经历怎样的过程，但我想，人的心理与精神成长，都要经历痛苦，甚至是激烈的天人交战吧。那些内心从无波澜的人，也许一生都停留在未充分发展的状态中，是一条荣格说的没有完成蜕变而"慢慢老化的毛毛虫"。

我情愿经历蜕变之痛，也不愿意让生命永远停留在"毛毛虫"的状态。

想起自己20岁前后，不也是充满迷茫与痛苦？后来读到波德莱尔的诗句，觉得和那时自己的心境好像："眼下我已经接近思想的秋季，必须使用铁铲和耙子等工具，把大水淹过的泥土重新拢齐，洪水造成的深坑简直像坟墓。"

现在我真正到了人生的秋季，却并不觉得 20 岁的我是无病呻吟，那就是我在艰难地穿越关卡，酝酿着"第二次诞生"吧。

你希望自己魂归何处？

杉本博司 / 所谓死亡这件事，并不是完全消失在一个什么都没有的场所，而是回到另一个储备生命力的场所，不是吗？

叶芝 / 虽然挖坟者的劳作悠长，他们的铁锹锋利，肌肉强壮，他们只是把他们埋葬的人重新推进了人类的思想中。

我在北师大开设"影像中的生死学"课程时，有学生问我："将来您会怎样安葬自己呢？"

的确，这是一个问题，这个问题可以作为事务性的"后事"来思考，也可以作为"我是谁""我来自哪里""我去往何方"的哲学性问题来思考。

我给学生讲了人类处理遗体的不同方式，从古代的屈肢葬到现代的生态葬。我让学生猜我会选择什么方式，他们觉得我最有可能选择海葬，让自己魂归大海，既环保又浪漫。

但我不会选择海葬。

我想任性一回，选择"太空葬"，也就是将自己的一点骨灰发射到太空，让它们在苍穹飘荡。我曾经访问过一家叫作彼岸的殡葬公司，这家公司的创办者毕业于清华大学，曾是 IT 界高管，后转向殡葬领域创业，自然想做点与众不同之事。他们说自己与美国一家公司合作，开办了太空葬业务，费用是 10000 美元（后来我在网上看到的是，美国极乐太空公司的收费是 2500 美元）。

我一听就心动不已！父亲遗言犹在耳："健则行，倦则睡尔。渺渺冥冥，如归大海，如归苍穹。"不过对他来说，大海和苍穹只是一种象征，而我却可能有机会真正实现。我从小就对神秘的宇宙无比神往，立志要成为天文学家，若不是"文革"让我梦碎，我大概率会一辈子沉迷在壮丽的星空中。

但回家跟丈夫和女儿一说，他们异口同声："不行，你污染太空！"

其实，他们想到的，科学家何尝没有想到。马斯克的美国太空探索技术公司（SpaceX）就干过这活儿，他们将人类的骨灰装在小型卫星内，用"猎鹰 9 号"火箭发射到太空。这些小型卫星能在轨道上飞行大约四年，家属还可以通过 APP 来追踪（实在是太浪漫了）。最终，它们会根据科学家的缜密设计，像流星一样燃烧殆尽，而不是我所期待的被吸入黑洞，或者有幸穿越虫洞到达一个平行宇宙，或者像我家的环保主义者想象的，永远在太空流浪，给其他太空飞行器或外星文明造成危险。

可惜啊，那家彼岸殡葬公司出师未捷身先死，没法给我办业务了。如果我执意要进行太空葬的话，当然还是有办法的，比如日本大阪的银河舞台公司，就与美国塞勒斯提斯公司（Celestis）合作，把一批批日本人的骨灰带上了太空，说是逝者"将在太空守望家人"。当然，选择太空葬的美国人更多一些，美国天文学家汤博（Clyde William Tombaugh）先生的骨灰，眼下正进行漫长的太空旅行。2006年1月，"新地平线号"太空船升空，这位冥王星发现者的部分骨灰也在其上。虽然就在几个月后，冥王星被从太阳系行星中除名，降格为矮行星，但是太空船却日夜兼程，终于在2015年带着汤博的骨灰一起掠过冥王星，并对其进行了科学探测。

真是太酷了，怎能不让我心向往之！

"新地平线号"将在2029年飞离太阳系，不知汤博最终会魂归何处。不过，这已经不重要了，重要的是，他在肉体死亡后又用一种最令人兴奋的方式与冥王星产生了联结。如果真的有灵魂的话，我相信汤博的灵魂一定感到了大满足、大快活。

"魂归何处"？

现在请你仔细想一想，这是不是一个有趣又深刻的问题？

我不知道这个问题是什么时候出现在人类头脑中的，但我确信，这是只有人类才会思考的问题。当我在非洲大草原上看到动物的骸骨时，我知道它们没有后事需要办理，更不会思考肉体与灵魂的关系及其归属问题。

看来，无论是临终者思考自己最后的归属，还是逝者的亲友为他们挑选安息之地，都绝不是一件简单的事情，整个过程包含极为丰富的信息：逝者与这个世界的关系，逝者怎样定义和看待自己的一生，生者又怎样定义逝者，逝者与生者内心深处的渴望、遗憾、联结与憧憬……

在一些生死学相关的课堂上，有些老师会请学生写下自己的墓志铭，通过这个活动让他们思考自己想要过怎样的一生。可写到这里我突然觉得，不妨围绕"魂归何处"列出一个长长的清单，这个清单上不仅要有与 Where 和 How 相关的问题，也要有与 Why 相关的问题。这些问题又会带出许多的问题、许多的思考。

所以，"魂归何处"，实在值得好好地做跨学科研究，可惜我力有不逮。但起码，我在世界各地漫游时，明白自己看到的不是墓地、墓碑，而是人们对生命的提问和回答。

本布尔宾山下

2018 年的春天，我和几个朋友沿着爱尔兰岛上的"狂野大西洋之路"（Wild Atlantic Way）自驾。走过这条路的中国人不多，出发前我们只有一个简单的攻略。凭着对于历史文化的敏感，我一路走一路提议增加探访之地，有时仅仅是因为看到了一张图片，或者是一段话。

一天清晨，我起来后独自在马拉莫尔角（Mullaghmore Head）漫步。这个港口小镇据说是世界上最棒的冲浪场所之一，有高达 15 米的海浪，可惜当时的时机不对，我没有看到人们在海浪中搏击的刺激景象，却在海岸边发现了一座有点奇怪的纪念碑：它的身子是石头砌成的圆柱，像一座矮矮的碉堡，顶部像圆形桌面，"桌沿"有个骷髅头雕塑，在被分割成 12 块三角形的"桌面"上，立着一张带有纹饰图案的小风帆。

纪念碑旁有说明，虽然彼时我的英语水平还不能一眼就读懂它，不过我还是被上面爱尔兰诗人 W.B. 叶芝的话抓住了心魂：

> The dead are not far from us, they cling in some strange way to what is most deep and still within us.

（死者离我们不远，他们以某种奇怪的方式紧紧抓住我们内心最深处的东西。）

我心里一动：这一定是个有故事的地方！

回到旅馆打开 Kindle 看爱尔兰的旅游资料，没有找到与马拉莫尔有关的文字，却发现叶芝的墓地似乎离此不远。

这意料之外难道不是情理之中吗？一路上，我都在 Kindle 上阅读叶芝的《凯尔特的薄暮》，想借着他的文学作品，能在精神上多少贴近一点我漫游的土地。1923 年，叶芝获得了诺贝尔文学奖，颁奖词说他"用鼓舞人心的诗篇，以高度的艺术形式表达了整个民族的精神风貌（inspired poetry, which in a highly artistic form that gives expression to the spirit of a whole nation）"。叶芝是爱尔兰文艺复兴运动的重要推动者，也是爱尔兰最著名的作家之一，他的创作深深地影响了爱尔兰人的民族认同。叶芝死后，英国诗人奥登用这样的句子悼念叶芝："疯狂的爱尔兰将你刺伤成诗。"

好吧，就让我们用谷歌地图导航去斯莱戈附近的鼓崖教堂吧，叶芝的墓就在那里。

瘦削的鼓崖教堂像一位高大的老人，站立在一片树林包围的墓地之中。入口矗立着高大的爱尔兰风格十字架，高高低低的墓碑栽满了整个庭园。

看到一位黑衣神职人员飘然而至，在他正要跨进教堂时，我礼貌地拦住了他，向他询问叶芝的墓在哪里。他反身一指，竟然就在十步开外的路边。

爱尔兰诗人叶芝的墓地

　　没有鲜花、没有烛灯，只有一块灰色的、没有任何装饰的墓碑（后来知道就是取自附近的石灰岩）。叶芝的墓可谓素面朝天，简朴得令我吃惊——在看过萨特和波伏瓦白色大理石墓碑上的红色唇印、杜拉斯墓上花盆中插满的圆珠笔、肖邦墓前无数的鲜花、柴可夫斯基墓上的天使雕塑之后，这地处爱尔兰乡间的叶芝墓，和寻常人的墓几乎没什么不同。

也许，唯有如此朴素，人们才会被墓碑上那干干净净的几行诗打动：

Cast a cold Eye

On life, on death

Horseman, pass by

冷眼对生死，一骑过红尘。

这些诗句取自他临终前一年的作品《本布尔宾山下》。

本布尔宾山，就是附近被称为桌山的那座山，因山顶平坦像桌子而得名。其实，叶芝并非出生在这里，也不是在这里死去，他一生大部分时间居住在都柏林和英国。那，他为什么会葬在这里？

因为他认定斯莱戈是他的"根"。他的曾祖父曾是这里的教区长，他母亲的家乡也在这里，据说母亲经常给孩子们讲家乡的故事和民间传说，所以叶芝觉得是斯莱戈孕育了自己真正的童年。叶芝曾经回过这祖先之地，一次是在童年，一次是在成年以后，虽然没有长久居住在这里，但我想家乡一定给了他"这里是我的根，我来自这里"的感觉，要不，他怎么会在异国他乡写下这首《本布尔宾山下》？

1939 年 1 月 28 日，在法国曼顿养病的叶芝病逝于旅馆。1948 年 9 月，人们依照他的遗愿，将他的遗骸从法国接回，重新安葬在了鼓崖教堂。叶芝，以他希望的方式在爱尔兰大地上重新扎根。[1]

叶芝曾写下这样的诗句：Tread softly because you tread on my dreams（轻柔一点啊，因为你脚踩着我的梦）。

1　也有研究认为，叶芝墓中埋的并非叶芝，见《中华读书报》文章：《叶芝墓里埋的不是叶芝》，作者康慨。

现在，叶芝长眠在这里，他还在做梦吗？

我想，他还在做梦吧，那是关于家乡的梦，关于爱尔兰的梦，关于爱尔兰人不可征服的梦。

我找来几片绿叶，轻轻地走到叶芝墓前，将它们放在叶芝的墓碑前，没有惊醒梦境中的叶芝。

Horseman, pass by！

伊拉克利翁古城外

如果说叶芝魂归故里是实现了遗愿吧，希腊作家卡赞扎基斯的魂归故里就周折了很多。

我的书柜中还藏着卡赞扎基斯的小说《基督最后的诱惑》，那是我在 20 世纪 90 年代初买的，当时的定价是 9.25 元。在董乐山写的译序中，卡赞扎基斯被称为"把毕生精力都自觉地用在精神与肉体之间斗争以求得灵魂安宁"的人。卡赞扎基斯自己也在序言中说："我最深的痛苦和欢乐都来自灵与肉从无休止的无情搏斗。"但他同时认为："灵魂和肉体愈强健，斗争就愈能产生丰硕果实，最后获得的和解也愈完美。"[2]

那么，卡赞扎基斯搏斗了一生，产生了哪些丰硕的果实，最后又是否获得了和解呢？

带着这个巨大的谜团，我来到卡赞扎基斯的墓地。

他的墓在伊拉克利翁，希腊最大的岛屿克里特岛的首府。2018年，我跟一些朋友到希腊旅行，克里特岛是重要的一站。

白天的参观很疲劳，当晚，在伊拉克利翁古城中的一家旅店住

---

2 《基督最后的诱惑》[希腊] 尼科斯·卡赞扎基斯 著，董乐山 傅惟慈 译，作家出版社，1991年。

下后，我用谷歌地图搜索了一下，发现卡赞扎基斯的墓就在古城墙外边，似乎离我不算太远。我问两个朋友是否愿意第二天早点起来去探访，他们都说好。

但是旅馆靠着大路，半夜摩托车和汽车不断轰鸣，我无法入睡，起来吃了安眠药后还是没睡踏实，早上醒来居然感觉到胃痛。我躺在床上犹豫：起，还是不起？去，还是不去？

想到已经约好同伴，咬牙翻身下床，果然，他们已在楼下等着了。走出旅馆大门，发现晴天丽日，绿树成荫，顿时振作起来。穿过画着涂鸦的城门洞，卡赞扎基斯的墓地就在城墙外的高坡上。

这片一个人独享的墓地非常宽阔，在棕榈树和鲜花、草坪的围绕下，卡赞扎基斯的墓碑和上面的木制十字架，正沐浴在爱琴海的晨光中，显得那么昂然、赤诚、孤傲、无惧。十字架上挂着的花环，不知道是什么材料做的，土黄的颜色让人联想到枯萎，联想到鲜活生命

希腊作家卡赞扎基斯的墓地

的终结。但它挂在高高的十字架上，又让这脆弱有了一种永恒之感。

在这块简洁的墓碑后面，刻着卡赞扎基斯的墓志铭，应该是希腊语的，看上去像是手写的，不知道是否卡赞扎基斯的手书？

这几句希腊语翻译成中文，意思是：我一无所求，我一无所惧，我是自由的。据说这句话出自他的长诗《奥德赛：现代续篇》，那是

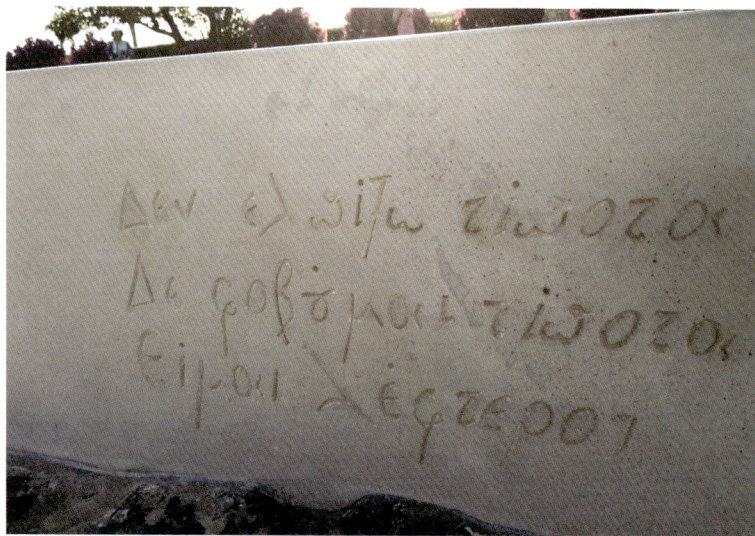

卡赞扎基斯墓志铭

他用 13 年时间写成的巨著。

我在心里把这个墓志铭默念了一遍又一遍，它的简洁，它所透出的洒脱、自信与勇敢，甚至用中文朗读也能感觉到的铿锵，都深深打动了我。

它是卡赞扎基斯内心冲突平息后的结果吗？我不知道，我只是感觉到那不是一种妥协，而是一种升华，一种内心整合后产生的超然，一种全然的自我肯定。在我看来，它更像是风雨过后高唱的人生凯歌。

一位心理学家曾告诉卡赞扎基斯，他拥有"一种远远超出常人的精神和心理能量"。我想，这也是卡赞扎基斯会有强烈的情感冲突和灵性需要的原因。但他的内心冲突，似乎也与原生家庭有着深刻的关系。

卡赞扎基斯曾说，在父亲那里，他从来没有感到任何慈爱或疼爱——他所感受到的只有恐惧。"他在我心里激起的恐惧是如此之大，以至于其余所有的——爱、尊重、亲密——全都消失不见。""他就是一棵橡树，有着坚硬的树干，粗糙的叶子，苦涩的果实，没有花朵……他吃尽他周围所有的力量，在他的阴影下，所有其他的树都枯死了。我枯干了……是他把我的血化作了墨。"

好在卡赞扎基斯还有"从未大笑过"，却"始终微笑"的母亲。"我的父母的遗传都在我的血液中循环，一个勇猛、强硬、阴郁，另一个则温柔、善良、圣洁。我这一生都带着它们，没有一个消失。只要我活着，他们就会活在我的内心，以对立的方式支配我的思想和行动。我的一生都在努力调和他们对我的影响，以便一个可以给我他的力量，一个可以给我她的柔情；使他们之间的不和谐——持续不停地在我身上突然爆发——在他们儿子的心里变得和谐。"[3]

正是在激烈的内心冲突以及与外部世界的冲突中，卡赞扎基斯不断地找寻，也不断地创作。他从基督出发，转到尼采，接着从尼采转到佛陀，从佛陀转到列宁，从列宁转到奥德修斯，最后还是回归到基督。在这个过程中，他游走于大地之上，甚至还两次到过中国；他翻译了尼采、伯格森、达尔文、詹姆斯、梅特林克、柏拉图……创作了《希腊人左巴》《自由或死亡》《奥德赛：现代续篇》《希腊的受难》和《基督最后的诱惑》等等。这些，就是他在一生的内心搏斗中结出的丰硕果实，虽然1957年他以一票之差在诺贝尔文学奖评选中

---

3 《像哲学家一样思考》[美]詹姆斯·克里斯蒂安 著，赫忠慧 译，北京大学出版社，2015年。

败于加缪。

大概就是在那之后吧，卡赞扎基斯第二次来到中国。他本想写一本《二十年后》来记述此次访问中国和二十年前创作《中国纪行》时有何不同，但遗憾的是，回到欧洲后不久，他就在德国弗赖堡去世了。

卡赞扎基斯是一个极为真诚的人，他说："他们认为我是一位学者，一位知识分子，一位笔杆子。其实都不是。当我写作时，我的手指蘸的不是墨水，而是血液。我觉得没什么比这更贴切：一个无畏的灵魂。"真诚的探索和写作，不可能局限在看得见和看不见的界限之内，卡赞扎基斯触怒了宗教界，他的《基督最后的诱惑》被认为亵渎了耶稣，因此他死后，希腊正教会指示各个教区不得将卡赞扎斯基葬入公墓。

然而，家乡的人民欢迎他重新回来，回到克里特的怀抱。卡赞扎基斯曾在《自由或死亡》这部小说中描写了希腊人与土耳其占领者的殊死战斗，他形容那时的克里特"神态庄严而焦虑"，"她仿佛是被死神夺去生命的英雄的母亲，身上带着那种非常古老的、神圣的痛苦和自豪"[4]。现在，这位复活了的母亲，以她的宽广胸怀温柔地接纳了自由之子，让他的灵魂能永远眺望那湛蓝的爱琴海。

华沙圣十字教堂

我很怀念夜色下的华沙圣十字教堂。

和欧洲的许多大教堂比起来，它看上去"单薄"了很多，既没有悠久的历史，建筑本身也算不上高大辉煌，可是那天傍晚，当我们走到华沙城的中心，在幽蓝的天空中看到一个金色十字架时，我仿佛就被一股莫名的力量定住了。我站在教堂外面，在初冬的清冽空气中

---

4 《自由或死亡》[希腊] 尼科斯·卡赞扎基斯 著，王振基 译，译林出版社，2004 年。

收敛呼吸，放缓脚步，怀着虔敬之心走了进去，因为那里有我想寻找的东西：一个人的灵魂。

教堂里正在举行晚间弥撒，很多虔诚的波兰人跪在椅子上或地上聆听布道，我们也安静地坐下来，和信徒们一起沉入神圣与宁静之中。然而我身体却在微微发热，仿佛感觉到周围有火在烧灼，耳边有枪声和爆炸声：七十多年前，波兰人知道苏联红军已经打到了维斯瓦河边，他们决定立刻起义。但是他们没能得到任何援助，被德国人残酷镇压。为了报复，德国人把华沙85%的地方炸为废墟，圣十字教堂也未能幸免。

弥撒结束后，我围着教堂慢慢地走了一圈，在角落里发现了一个极具冲击力的小小祭坛。它用铁丝网围着，里面有哭泣的圣母像，还有用弹壳做的装饰。我吃了一惊，它为谁、为何而立？仔细一看，在一枚炮弹上刻着"卡廷，1940"的字样。

历经苦难的波兰人啊，他们从来不愿意忘记牺牲者。

我重新回到座椅上，让心情慢慢平复下来，因为我还没有找到它，找到那个我想遇见的灵魂。

2015年去法国旅行，在巴黎的拉雪兹神父公墓里，我看到了肖邦的墓。那是一座拥有最多鲜花的墓。但是我知道，这里埋葬的肖邦遗体并不完整，他的心脏已经被带回祖国波兰。

这个故事被编进小学教材，为的是让孩子们从中懂得要热爱祖国。可是，爱与痛，从来都是一个硬币的两面，年纪尚幼的孩子，如何能理解肖邦之痛呢？

可以说肖邦一出生，就活在"国破山河在"之中。18世纪末，在经历三次瓜分之后，波兰这个有800多年历史的国家在欧洲的版图上消失了。肖邦，这个从小就展露出音乐天分的少年，在其成长中不得不一次次面对尴尬与抉择：1825年，俄国沙皇庆贺自己荣获波兰皇位，15岁的肖邦被召去为他演奏，之后还被赐予一枚钻戒；1830

巴黎拉雪兹神父公墓中的肖邦墓

年，20岁的肖邦在华沙举办了两场音乐会，显然那时的肖邦已经形成了强烈的民族意识，波兰人从他的音乐中听到了"故乡的旋律"，开始期待他成为"波兰民族的作曲家"。但是，为了避开动荡不安的局势，为了让儿子的艺术天赋得到更大的发展空间，肖邦的父亲一再催促他离开波兰。身为波兰人的肖邦，只能拿着俄罗斯的护照出国了。之后，波兰人发动起义，宣告波兰脱离沙皇统治，但最终起义失败了，波兰再次沦为俄国的一个省。1831年，通过朋友的帮助，肖邦获得了在法国的长期居住权，这也意味着他将很难返回被俄罗斯统治的波兰。出行前，肖邦似乎早已有预感，他对朋友说："我觉得，我离开华沙就永远不会再回到故乡了。我深信我要和故乡永别。"真是一语成谶，1849年，39岁的肖邦病死于巴黎，结束了他作为天才音乐家的短暂一生。

此次波兰之行，我们的飞机降落在华沙肖邦机场；我在肖邦博物馆（那是世界上最好的传记博物馆之一）聆听了他的《夜曲》和《玛祖卡》；我们还"偷窥"到隔壁的肖邦音乐学院里郎朗正在练琴；我们知道肖邦国际钢琴比赛每五年举行一次，中国的钢琴家曾经获得过冠军；我们在街头遇到"肖邦琴凳"，坐下来按下按钮就能聆听肖邦的钢琴曲……肖邦似乎无所不在，他成了波兰的骄傲、波兰的名片、波兰的品牌。

但今夜，我在波兰，我在华沙，我在圣十字教堂，只是为了找到肖邦的心脏，我觉得虽然肖邦把他的遗骸留在了巴黎，但他的灵魂跟这颗心脏在一起。

据说这颗带回家乡的心脏被存放在家里很多年，中途又经过家乡几个亲戚的辗转保存，最终才被安置在圣十字教堂的一根柱子里。

二战中，为了不让肖邦的心脏落入纳粹手中或者被战火损毁，波兰人把它从教堂取出，悄悄藏起。直到1949年，肖邦逝世一百周年纪念日，珍藏肖邦心脏的匣子，才被交给华沙市长送回到圣十字教堂。

这颗心脏，其实就在我座椅的左前方，它一直在等待着与我的目光相遇。

TU SPOCZYWA SERCE
FRYDERYKA
CHOPINA

HERE RESTS THE HEART
OF
FREDERICK CHOPIN

华沙圣十字教堂中安放肖邦心脏之处

那根柱子上有精美的雕刻，上面是肖邦的头像，中间刻着他的名字和生年与卒年，最下方还有一行英文：HERE RESTS THE HEART OF FREDERICK CHOPIN（弗里德里克·肖邦之心在此安息）。在一块小小的凹槽中，有人放了一白一红两支小小的花朵。

那一定是一位热爱肖邦音乐的人献上的吧。一白一红，简直就是一个隐喻，或许这位献花者曾在肖邦的音乐中听到了作曲家两极的情感：一极是纯净、浪漫、无限的柔情，另一极则是痛苦、悲壮与炽烈的激情。

这不同的情感，当然都来自肖邦的内心深处。前半生，他在民间与自然中，汲取着音乐的灵感；而身处异国他乡时，他的音乐变成了"花丛中的大炮"（据说这是舒曼对肖邦音乐的评价）。

有人说肖邦是"生于华沙，灵魂属于波兰，才华属于世界"。

所以，肖邦让自己的心脏回到祖国，就是让自己的灵魂回到"我"的来处，回到自己精神上的归属之地。这就是所谓的"魂归故里"吧。

夜已深，在肖邦的《夜曲》中写完这些文字，我恍然惊觉，明明我的标题是"魂归何处"，可是我写的这三个客死他乡的人，他们的遗骸或遗体的一部分（心脏）都回到了家乡，这是否意味着有些人的"魂"特别需要家乡呢？偏偏他们们的祖国都命途多舛，所以他们魂归故里的愿望就会特别强烈？让自己的遗体、遗骸和心脏回到家乡，这也是一种身份的宣示，一种作为人的"归属感"和身份认同的需要，且一旦满足便很难再被他人剥夺。

不得不回到人类古老的话题：人究竟有没有灵魂？人死去的是否仅仅是躯体，是肉身，而看不见的灵魂是不死、不灭的？灵魂到底是个怎样的存在？在人的肉体腐烂之后，灵魂还能用某种方式与活人的世界保持联结吗？

苏格拉底喝下毒药之前，曾用了很多时间和弟子们讨论灵魂是否存在。至今，死后还有没有生命？灵魂到底存在不存在？仍然困扰着人们。

若我们换一个角度，把人们在其生命中的精神产出，当作人不死的证据，当作不被时间和空间所控制的、自由的"灵魂"呢？

叶芝不是在《本布尔宾山下》这样吟唱吗？

Though grave-digger's toil is long
Sharp their spades, their muscles strong
They but thrust their buried men
Back in the human mind again.

虽然挖坟者的劳作悠长，

他们的铁锹锋利，肌肉强壮，

他们只是把他们埋葬的人

重新推进了人类的思想中。

叶芝、卡赞扎基斯、肖邦，我们可以说他们魂归故里了，但显然他们的灵魂并没有老老实实待在本布尔宾山下、伊拉克利翁古城边和华沙圣十字教堂的柱子里，他们的灵魂总是在穿越时空，与某些肉体活着的人神秘地相遇、热切地联结、隐秘地对话，带给他们抚慰、激情、感动、省思……

这种相遇和联结是多么美好啊！

穆罕默德们与约翰们

亚得里亚海维斯岛英国战争公墓纪念碑 ＼ 生命，诚然，不可轻易失去，但年轻人无所顾虑，而我们恰好年轻。

7907008 骑兵 G.F. 戈弗雷墓志铭 ＼ 对世界而言，他只是一名士兵。可对我而言，他就是整个世界。

我有一块"狗牌"。

哦，不是拴在狗身上的牌子，而是拴在我脖子上的。

这块小小的金属牌上刻着我的中英文名字、身份证号码、我供职媒体的英文名称，还有我的血型。

它的正式名称应该是"身份确认牌"。有了这块牌子，如果我昏迷了，或者死了，别人可以据此确认我是谁，我来自哪里。

新闻记者经常要去"前线"（包括战争前线、灾难现场等等）采访，难免会遇到危险，所以报社记者部特为记者们订制了这块牌子。作为编辑，我本来是没份儿的，但记者部的哥们儿顺带也给我做了一块，因为我也总喜欢跑到某些地方完成某些采访，比如一个人坐着军用卡车上喀喇昆仑山，比如跟着探险队漂流和田河穿越塔克拉玛干。

当然，据此确认我身份的人，不会知道我得到这块牌子时喜出望外的心情。也就是说，"我"是"大于"这块牌子的，我的生命远远溢出了这块牌子。但这块牌子，为我提供了底线，让我不至于变成无名女尸，不至于在死后被像动物一样对待。

德鲁·吉尔平·福斯特，一位研究过美国内战的历史学家（她很讨厌别人说她是哈佛大学的女校长），是这样看待人类遗体的："遗体是人类身份的贮藏处，这体现在两个层面上：它代表了一个固有的自我与个性，同时，它也是那个人的人类特点的具体体现。这种人类特点，即是那将人类遗体与动物尸体区分开来的永生希望——对于动物来说，它们既无对死亡的意识，也无肉体或灵魂不朽的希望。这种肉体及其在宇宙中地位的理解，要求人们对它予以关注，哪怕是生命消逝之后；它需要得到人们常说的'体面'埋葬，以及为死者量身定制的葬礼。"[1]

---

1 《这受难的国度：死亡与美国内战》[美] 德鲁·吉尔平·福斯特 著，孙宏哲 张聚国 译，译林出版社，2015年。

要得到"体面"的埋葬，首先要知道是谁的遗体。

这就是为什么，我站在土耳其加里波利半岛的军人公墓前，想起了自己放在床头柜中的"狗牌"。身份确认牌是在一战中正式成为"军事装备"的，而此处正是一战中最惨烈的战场之一。在这个狭长的、只有1000多平方公里的半岛上，同盟国与协约国交战双方竟有数十万人战死。现在，他们安睡在半岛上60多座军人公墓里，得到了不仅"体面"，而且庄重的埋葬。

军人的墓地不在自己的国土上，而在别国的国土上，这不多见，也不少见。比如朝鲜半岛的北边和南边，就有中国人民志愿军烈士墓和联合国军的军人墓地。"好男儿当马革裹尸还"，已是旧日豪情，当今投入战争的男儿女儿们要准备的是"青山处处埋忠骨"，也许那青山离自己的祖国、自己的家乡、自己的亲人十万八千里。

当今军人战死，通常被视为"捐躯"。"捐"就是在本不该逝去时，为了某种国家、民族或政治的需要而牺牲自己的生命。因为这种行为"有悖关于生命正常终结的普遍预期"，是为"捐"。

但"捐"出的身体，在战死当下，往往很难被好好地收敛和安葬。在投入人数众多的惨烈战事中，遍野横尸，有时只能就近草草掩埋，甚至被填入沟壑。遗体若落到敌方手里，还可能被侮辱并洗劫一空。

专门的军人公墓，大概始于美国内战。在这场内战中，双方有62万军人阵亡。战场上草率的遗体处理所造成的让逝者失去尊严、让生者胆战心惊的景象，深深触动了人们的心灵。1862年，美国国会通过了一项法案，赋权总统购置土地，"并将其安全地围起来，用来当作埋葬为国捐躯士兵的国家公墓"。

林肯著名的葛底斯堡演说，就是在葛底斯堡国家公墓揭幕仪式上发表的，时为1863年11月19日，葛底斯堡战役结束四个多月后。林肯说："我们来到这里，是要把这块土地的一部分奉献给那些为了这个国家的生存而献出生命的人们作为最后的安息之地。"

士兵们的遗体被集中迁葬于此，不仅拥有了荣光，还拥有了平等：墓地设计者威廉·桑德斯用自己的设计确认了"无论军阶、社会地位高低，每位阵亡士兵都是平等的"这一理念。这样的设计理念，显然影响了后来世界各地的军人公墓设计，但是在不同的国家，还是会因文化差异而看到不同。我在一些国家旅行时，便能直接感受到这一点。

设计土耳其自驾游行程时，我特意把最后一站放在了加里波利半岛。对于一般人来说，加里波利不是什么观光景点，我们在这儿也没见到一张中国面孔，但60多座军人公墓，实在是非同寻常的景观。作为人类一分子，人类大规模的杀戮行为一直让我感到痛心和困扰。正好赶上一战结束100周年，很多国家都在纪念，所以我想好好看看这曾经的战场到底留下了什么。我希望我们的土耳其之旅，不是留下一个圆满的句号，而是留下一个难忘的感叹号。

头一天晚上，我们住在了达达尼尔海峡东侧的小镇恰纳卡莱，从那里有渡轮可以穿越达达尼尔海峡，到达加里波利半岛。

人生地不熟，第二天该如何把车开上达达尼尔海峡边上的渡轮？到哪里买船票？汽车会排长队吗？会因为车多而拥堵吗？需要等待很长时间吗？这些信息在网上都没见有驴友分享。

虽然旅馆的人说一切很简单，但我还是有点焦虑。所以第二天早上八点，我们就装好车开向码头了。到那儿一看，哪有想象中的汽车长龙？码头上只有三四辆车，我们跟着它们驶向入口，有样学样地打开车窗买船票，之后直接开上了渡轮。

没一会儿船就开了，我们从车上下来，到甲板上看风景。

不，对我来说，不仅仅是看风景，还是看历史现场，看地缘政治。

最初出国旅行时，我只是用谷歌地图来导航，确定从A点到B点怎么走。而现在，谷歌地图已经成为我在旅途中重新认识世界、认识人与自然的关系、认识文明演化的重要工具。当我在土耳其反反复复地将谷歌地图拉大缩小，我才真正理解了这个跨越欧亚两大洲、联结东西方的国家在地缘上的特殊性。不说别的，就看土耳其的两条海峡——达达尼尔海峡和博斯普鲁斯海峡，我这个不懂政治和军事的女人，也明白了它们的战略意义：它们分开了欧亚两大洲，同时也是地中海通往黑海的咽喉要道。黑海是地球上最大的内陆海。环绕着这片因水色深暗、多风暴而得名的海，现在排列着格鲁吉亚、俄罗斯、乌克兰、罗马尼亚、保加利亚和土耳其六个国家。我们结束旅行不久，乌克兰和俄罗斯在刻赤海峡发生冲突，乌克兰就曾经要求土耳其，不允许俄罗斯的船只通过博斯普鲁斯海峡和达达尼尔海峡。

达达尼尔海峡窄得出乎意料，不到 20 分钟，轮渡已经到了半岛码头，真乃咽喉之地啊，怪不得希波战争时，波斯人会在这里架设浮桥。

开车下船，沿着公路向南不远，就看见了一座城堡。此堡名曰"海之锁"，锁住了达达尼尔海峡就锁住了海上咽喉，1452 年建造它的征服者穆罕默德二世，翌年攻下了君士坦丁堡，基督教世界的千年拜占庭不复存在。

参观完城堡，我们驱车往半岛的南端走，路上碰到了几辆大巴。是旅行团吗？游客会是些什么人？抱着好奇心，我们跟着大巴停了下来。

大巴载的不是外国游客，而是土耳其人。他们一车又一车，一队又一队来到加里波利半岛。这里，现在是土耳其的爱国主义教育基地。土耳其政府规定，每一所土耳其中小学校的学生，都必须至少参加一次有组织的加里波利半岛远游。不过，我们遇到的都是成年人。

跟着他们，我们走进了两处土耳其军人的公墓。

第一座公墓显然非常"土耳其"。墓园中央是一个花坛，几片弧

加里波利半岛上的土耳其军人公墓

形的墓地围绕着花坛，草地上安放着低矮的白色大理石墓碑。它们的造型非常独特，甚至我都不知道该不该称它们为墓碑，因为从低矮的墓碑后面看上去，像是一个个裹着头巾的人头。我不知道，这头巾是不是当年奥斯曼帝国军人的服饰。雪白墓碑的正面，有红色星月和捐躯者的名字，因为简洁而更显庄重。

我注意到，在花坛的矮墙上还有许多名字，我猜那些名字都是牺牲的士兵，而单独的、有头巾装饰的墓碑可能是军官的墓地。奥斯曼帝国的军队中不仅有土耳其人，也有从帝国广阔领土征召来的其他民族的人，如阿拉伯人、亚美尼亚人、库尔德人、切尔克斯人。他们中的阵亡者，也一起安息在这里了吧？

进入另外一座土耳其军人公墓，迎面而来的却是一种熟悉感。这里有点像我们中国人的墓地，在松树的绿荫下，长方形的墓碑一排排等距离地矗立着，且高低、大小、形制完全相同，墓碑正面都漆上了红色，那是土耳其国旗的颜色，上面也是星月标志。我想，这是土耳其给予为国捐躯者的崇高荣誉。

一座座这样的红色墓碑，在松荫下列队而立，仿佛战士在接受

加里波利半岛上另一座土耳其军人公墓

检阅，只是被检阅者已经不能呼吸；镌刻其上的名字，仿佛在等待着军官点名，但却再也不会大喊一声"到"了！

在墓地附近的雕塑和纪念碑旁，有导游模样的人很动情地在为土耳其人讲解。虽然我们听不懂，但知道那一定是对于土耳其人来说悲壮而光荣的民族记忆：

尽管在加里波利战役中，土耳其军队也损失惨重，但他们成功地顶住了协约国军队的多次进攻，生生地把对方计划中的速决战变成了痛苦的堑壕战，最终令其在9个月后从海上灰溜溜地撤了军。正是在这场战役中，陆军中校穆斯塔法·凯末尔成为土耳其人崇拜的英雄和偶像。一战之后，奥斯曼帝国解体，但在凯末尔的领导下，土耳其共和国建立起来。作为开国总统，凯末尔被土耳其国会赐予"Atatürk（阿塔图尔克）"一姓，意为"土耳其人之父"。我们降落的伊斯坦布尔国际机场，就是用阿塔图尔克命名的。今天在土耳其各地，包括我们昨晚落脚的小旅馆里，都挂着国父的画像。

在半岛上，土耳其人建造了许多纪念碑和雕塑，让英雄的故事得以传扬，可惜我们没有时间一一寻访。不过到此地的人，大概都无法忘怀那座造型极为简单却不失震撼力的恰纳卡莱烈士纪念碑。它几乎没有任何装饰，却能逼着人们去仰望：纪念碑由4根7.5米宽的四方形柱子组成，高41.7米，顶部有巨大的红底白色星月图案，即土耳其国旗。

来到土耳其之后，我就发现，在我走过的国家中，还没有看到哪个国家像土耳其一样，到处都飘荡着国旗，有时马路中间也会垂下一面巨大的国旗。不管这些国旗是为了表达抑或唤起土耳其人的爱国主义情绪，这多得异乎寻常的国旗，已然不仅是国家的标志，而是民族情绪的象征了。

在加里波利半岛南部、西部的海边，更多的墓地出现了。有些

加里波利半岛上的恰纳卡莱烈士纪念碑

墓地是以军队的番号命名的，比如"第57团公墓"就是奥斯曼第57
军团的墓地，他们几乎以全员为代价，阻止了澳新军团的进攻；有
些是以战争中的地标代号命名的，比如"700baby公墓""2号哨所公
墓"；有些是以军事行动命名的，如"兰开夏登陆公墓"；还有的以
标志物命名，如"孤松公墓""斜桥公墓"等等。不管公墓的名字是
什么，也不管里面安葬着哪一国的军人，它们附近都发生过惨烈的战
斗，都有大量的伤亡。

我们开车驶向孤松公墓——当年的"孤松战场"。这里曾是加里

波利战役最为惨烈的战场之一，据说为了夺取足球场大小的一片地方，竟有 4000 多人阵亡！

今天，这片被鲜血浸透的土地上还挺立着一棵孤松，不过它已是那棵浴血孤松的后代——战后，人们用那棵孤松的种子繁育了一片松林。1994 年，一场大火烧毁了整片松林，只有一棵幸存下来。或许树也有使命感吧，这棵幸存下来的孤松，用它微微倾斜的巨大树冠，护佑着大地上的一座座坟茔。

孤松公墓的纪念碑上刻着 960 个澳大利亚军人和 252 个新西兰军人的名字，有些名字旁边别着花朵，显然是有亲人来祭拜过。

为什么澳大利亚和新西兰的军人会死在这里？

本来一战爆发后，已经衰败到被称为"西亚病夫"的奥斯曼帝国，既没有加入以英俄为首的协约国，也没有加入以德奥为首的同盟国。不过，最终德国送出的两艘强大的战舰，让奥斯曼帝国倒向了同

孤松公墓

盟国。奥斯曼帝国的参战，切断了西欧援助俄国的黑海航线。当时只有 37 岁的英国海军大臣丘吉尔，抛出了一个大胆的计划：攻占君士坦丁堡（那时西方人还习惯称它为"君士坦丁堡"），逼迫奥斯曼帝国退出战争。

于是，前后约有五十万协约国士兵被运到加里波利，准备夺取达达尼尔海峡。他们当中有英国和法国的军人，也有澳大利亚、新西兰和印度的军人，当时这些国家都在英国的统治之下。这就是为什么加里波利半岛会有 40 多座协约国军人公墓的原因：50 万协约国军人，由于糟糕的战前准备、陈旧的战场情报、拖沓犹豫的战场指挥，竟然伤亡了一半。

继续驱车前行，来到了半岛西侧的爱琴海边上。海水醉人的蓝，很符合中文对爱琴海的浪漫翻译。

但这里并非浪漫之地。1915 年 4 月 25 日黎明，当澳新军团的船被洋流带到这里后，准备登陆的士兵却发现在一片狭窄的沙滩上是陡峭的悬崖，居高临下等待他们的，正是成功预测了协约国登陆地点、并违抗上级命令守在此处的凯末尔上校。现在，这里被称为"澳新军团海湾"，沿着海湾有一座座战死者的墓地。

我们走进阿热布努公墓。

天气奇好，风景奇美，让人好想在这里谈一场恋爱。爱，可以帮助人忘记死的存在吧。

可一块块协约国军人的墓碑，在蓝天白云清风下，静静地躺在绿草与鲜花间。一读墓碑，便戳痛人心：19 岁，23 岁，17 岁，"My only darling son（我唯一的宝贝儿子）"……

战争，你死我活，死在这里的是一个个今天被称为"小鲜肉"的年轻生命。

但是，"你死我活"的双方，他们的内心世界是怎样的？他们在战场上的感觉是怎样的？

爱琴海边的阿热布努公墓

    牛津大学教授尤金·罗根，在他的《奥斯曼帝国的衰亡：一战中东，1914—1920》一书中使用了很多普通士兵的日记和回忆录来还原历史。在采访中，他对记者说："我非常震惊英国和土耳其士兵在战壕中的经历如此相似。他们写同样的事，比如恐惧、夜聊的人、吃非常糟糕的食物等。所以，你阅读这些日记时会感到，对于交战双方国家的士兵而言，战争是一次共通而且恐怖的经历。"[2]

    是啊，当这个世界上，人们用刀剑、用子弹、用炮火相向时，"我"不得不变成"我们"，"我们"会壮大那个弱小的"我"，让"我"敢于与"他们"战斗。"我们"与"他们"是势不两立、你死我活的关系。在那样的时候，军人们不会去想、也不能去想对方也是

---

2 《奥斯曼帝国的衰亡：一战中东，1914—1920》[美]尤金·罗根 著，王阳阳 译，广西师范大学出版社，2017年。

116

一个"我"，也是和我一样的人：一样对死亡充满恐惧，一样有亲人在远方期盼"我"归来。枪林弹雨之中，血肉横飞之际，作为人类一分子的相通之处，只能被击得粉碎。

战争不相信眼泪，但死亡，会重新将人从"我们""他们"中剥离出来，还原为个体。

那一座座刻着姓名和生卒年月的墓碑，诉说着一个个"我"曾经存在过。这个"我"，不再是，或不再仅仅是对抗着的"我们"和"他们"中的一员，人们会想起他还是一个儿子、一个父亲、一个丈夫、一个兄弟，一个曾经的农夫、工人、学生、手艺人、教师、医师、商人，一个爱逗乐的人，一个会写诗的人，一个烟抽得很凶的人，一个歌声很忧伤的人……在这场惨烈的战争中，他们为了登上海滩，或者为了守住阵地，让这一切随风而去。不，他们需要一块墓碑，在上面镌刻上自己的名字，告诉人们："我"曾经存在过！

如果身份确认牌可以告诉人们逝者的名字和来历，庄重的墓地和墓碑彰显的就是那大于、溢出身份信息的部分，它们给名字增添了重量。它们不仅确认了逝者曾经的存在，还确认和肯定了逝者的生命价值和牺牲的意义。

这就是为什么要设立军人公墓，并隆重安葬他们的原因。福斯特在《这受难的国度：死亡与美国内战》中说："这些士兵无法在军事上贡献力量，但他们却能为战争和损失提供意义，以发挥重要的政治与文化作用。"他们的遗体——"他们的'自我'与'留存的身份'的贮藏处，理应得到这个国家的赞扬与呵护"。

只是不知道他们那个"自我"所看重的价值，是否与国家所给予他的赞扬一致？

要是这些遗体会说话就好了。

我想。

在离开加里波利半岛前，我们找到了阿热布努海岸纪念碑，它坐落在澳新军团海湾和阿热布努公墓之间。这座弧形的纪念碑，背对着蓝色的爱琴海，面朝半岛、向着半岛上的十几万亡灵而立。纪念碑上有阿塔图尔克的头像，还有他在1934年一次关于和平的演讲中说的一段话："对我们而言，那些'约翰们'和'穆罕默德们'没有区别。那些把儿子从异国他乡送来的母亲们，请擦干你们的泪水，你们的儿子安息在我们的土地上……他们在这里失去生命后，也已经变成了我们的儿子。"

阿热布努海岸纪念碑上镌刻着土耳其共和国开创者凯末尔的话

怪不得一路上，我们既能看到土耳其官方的红色标识，也能看到CWGC的绿色标识。CWGC是英联邦战争墓地委员会（The Commonwealth War Graves Commission）的缩写。两套标识共存于半岛，说明战后双方为在此建立军人公墓达成协议。

1869 年，美国安蒂特姆国家公墓理事们曾说："一个民族，其文明与高尚的一个显著标志，是他们对他们的死者所展示出的体贴和关怀。"

不同民族的逝者，而且是战争中对立双方的捐躯者，能够在这么一片土地上被体贴和关怀，我想那是人类文明进步的显著标志。

我为所有逝于加里波利半岛的军人祈祷，不管他是约翰，还是穆罕默德。

我为人类文明继续进步而祈祷。

我为和平祈祷。

请给哀伤一把椅子

印第安人的诗歌／你不要在我的坟前哭泣，我不在那里。
当你醒过来，窗外的鸟儿吱吱啾啾，我在那里；
夕阳照射在金色麦穗，随风摇曳，我在那里；
你看天上下的雪，你看晚上的星光，我在那里。

欧文·亚隆／哀悼是我们因为有勇气爱他人所付的代价。

艾琳多南城堡对面的椅子

在世界的不同角落，我和不同的椅子相遇，渐渐明白了，椅子并非没有感觉的"物件"，它们是生命故事的载体，甚至是生命故事的参与者。日本建筑师黑川雅之说："从后面看，椅子是物品，从前面看，椅子是空间。"[1]——这个空间不仅在为人的躯体服务，它们也在照顾和抚慰人的灵魂。

那是一个傍晚，我们从苏格兰的艾琳多南城堡开车到了斯凯大桥边上。从这道桥上跨越斯莱戈海峡，就是那座名为天空岛（Isle of Skye，又名斯凯岛）的岛屿，它是苏格兰赫布里斯群岛中的第一大岛，是我们明天将要花一整天来探索的地方。

快到日落时分，西沉的太阳不时从云层里撒下一些淘气的光，

---

1 《设计与死》[日]黑川雅之 著，何金凤 译，电子工业出版社，2013年。

一会儿明艳了海峡这边的花丛，一会儿提亮了海峡对面的山峦，一会儿又勾勒出海上风帆的剪影。我们沉醉在美景中，忙着用相机追逐光与影。

不经意间，我一回头发现了它：一把灰色的木质长椅。

海峡边上的纪念椅

它独处角落，面对海峡，看上去已经老旧，油漆斑驳，木纹暴露。我看了看周围，并无相同的设施，意识到它是一把刻意放置在此的椅子。

果然，我在椅子上面看到了一个黄铜铭牌，左边写着：

In loving memory of Jonathan Andrew Gill

13.09.1982 - 24.11.2001

Joff you will always be in the hearts of your family,

girlfriend and friends.

(纪念乔纳森·安德鲁·吉尔

1982.09.13—2001.11.24

小乔，你将永远活在你的家人、女友和朋友的心中。)

啊，原来这是一把纪念逝者的椅子！

从生卒年月上看，这个爱称为 Joff 的逝者，还没有活到 20 岁。

太年轻了，太可惜了！可以想象，他的逝去，让家人、女友和朋友们多么伤痛。

椅子安置在这里，我猜想这个地方应该和 Joff 有着某种特别的关系。是他生前非常喜欢这里，还是他在这里结束了生命？我不得而知。不过我愿意相信，他活着的时候一定像我们一样，深深地迷恋这海峡美景，所以爱他的人为他做了这把纪念椅，安放在此吧。

算来 Joff 离去已经 17 年了，若是他活着，该是 36 岁的成年人了。我想，这些年来一定有人，也许是他的家人，也许是他的朋友，也许是他曾经的女友，一次次来过这里。因为有了这把椅子，他们可以坐下来，望着海面上变幻的光影，望着大桥和偶尔掠过的帆船，望着四周明艳的花朵，怀念他们心中那个永远定格在 19 岁的 Joff！椅子，不仅是对 Joff 的纪念，也成了哀伤的承载之物。

但现在，椅子空着。它向着海天张开的怀抱，空着。四周的寂静，让我意识到 Joff 的青春激情逐浪而去，曾经的希望也已随风而去。

那一刻，这空椅子，这年轻生命的凋零，唤起了我的回忆，让我想起了一位生命定格在 17 岁的朋友。

我和连连的友谊始于幼儿园，她算得上是我生命中的第一个好友。1969 年 1 月，我俩一起去陕北农村插队时，她刚刚过完 16 岁生日，而我还比她小半岁。一年后，连连在村里得了病，持续低烧，浑身无力，县医院却给不出明确的诊断，她只好请假回京看病。在开往北京的火车上，她已经处于高烧之中，是好心的列车员把她送回家的——但她的家中空无一人：父亲与母亲离异后重新组建了家庭，母亲已病逝，哥哥姐姐分别下放在天津军粮城、山西和云南，是姐姐男友的妈妈把她送进了医院。但凶恶的并发症已经攻陷了她的多个脏器，医生无法查明病因，也无力回天。连连去世后，通过遗体解剖，才发现她在陕北被传染上了伤寒，而这病在北京已经消失了十多年。

是我父亲给当时的公社革委会打电报，告知知青连连病逝的消息。后来在给我的信中，他用了一个我未曾听说过的词——夭折。与这个词一起留在我记忆深处的，是连连去世后我的失魂落魄：整整一个星期我都无法合眼，后来能睡着了却噩梦不断。十六岁的我，就这样经历了好友的骤然离世。

在动荡与混乱中，连连的骨灰不知所终，半个多世纪里，我无处去哀悼她，她没有墓碑，更没有一张纪念椅，她曾经的存在就仿佛一粒尘埃被历史的狂风吹散。

我从椅子上站起来准备离开，但是，且慢，这里还写着什么？

铭牌的右边，分明还有很多字，那是一首题为 NEXT TO YOU（《在你身旁》）的诗：

纪念 Joff 的铭牌

You cannot see or touch me

But I'm standing next to you.

Your tears can only hurt me,

your sadness makes me blue.

Be brave and show a smiling face

Let not your grief show through.

I love you from a different place,

Yet, I'm standing next to you.

你无法看到我、触摸我，

但我就在你身旁

你的眼泪仍会让我心痛

你的悲切使我陷入忧伤

请勇敢点让笑容展现在脸上

而不要让悲伤流露

我爱你，只不过是在一个不同的地方

然而，我仍在你的身旁

后来，我的先生将它翻译为：今已天人隔，我仍傍汝心。汝为我孤苦，汝悲我伶仃。勇为欢欣漾，不令忧伤淫。爱汝在天界，我诚傍汝心。

在那个当下，我把这首英文诗默默地念了两遍，突然意识到那是 Joff 的语气啊，那是 Joff 在说啊！

空椅子，是我们在心理治疗中常常会用到的一种方法：让来访者不断坐到对面的椅子上，体验不同角色的情感，对着空椅子把它们表达出来。这样形成的对话可以帮助来访者更好地觉察自己的感受，从不同角度理解自己的处境。

而现在，这张空椅子也在说话，在对着悲伤的亲人说话！

虽然，从心理健康的角度，我希望亲友的伤痛能够得到允许和珍惜，但如果他们有一天也能接受 Joff "在一个不同的地方"仍然爱着自己，仍然站在自己的身旁——也许，他们才更有力量向着明天活下去。

万里之外，这张海峡边的空椅子，给我这个生死学的探索者上了一课。

第二天，我们在阴雨绵绵中开车穿过壮丽的荒原，到了斯凯岛的北端。在面向大海的悬崖边上，我又看见了一把椅子，一把非常宽大的椅子。它同样面对着大海，或者说，它把自己的胸膛向着大海敞开。这张椅子的标牌上写着：This bench is dedicated to beloved father and mother.（这张椅子献给敬爱的父母。）

这么宽大的椅子，两个身材丰满的人坐在上面仍不觉拥挤。或许，那对老夫妇的灵魂这会儿正裹着一条毯子在其上相拥而坐吧！不知他们生前是否常常携手在海边漫游，而现在，他们可以永无止境地在此聆听海潮轰鸣和海鸥欢唱，尽情欣赏碧蓝的大海和金色的落日。

我真的好生羡慕啊！虽然这把椅子看上去有几分孤独，但有大

天空岛悬崖边上的纪念椅

自然的万千气象陪伴，如此单纯的享受，又是如此丰盛的存在，实在是太大的福分了！

日本建筑师黑川雅之曾在书中这样描述椅子："从后面看椅子，它就像父亲的背影。从前面看椅子，它就像母亲的双膝。仿佛在对我说：'来吧，过来坐吧。'"

椅，倚也。不管是父亲的背影，还是母亲的双膝，都象征着我们心理上的倚靠。当在现实生活中，曾经的"倚靠"不在了，我们必须独自面对未来的人生时，坐在这把纪念椅上，那些已经被编织进我们的视觉、触觉、嗅觉和味觉中的记忆，一定会被重新唤起，让我们仍然能感觉到某种"倚靠"吧。也许，他们会像我一样想起穿着粗布衣的外婆那温暖的怀抱，想起拿着书坐在公园里而让我在一旁吃苹果的爸爸，还有我搂着认知症已到晚期的老妈坐在沙发上一起看电影的时光……

黑川雅之72岁的时候，将他的博客文章收集起来出版了，他给这本小书起的名字是《设计与死》。他在后记中说："对生和死的认知总是平行地、相互交错地出现在我们的脑海中。想到生，往往面前就会出现死，想到死，又会透过死看到生。"在生与死之间，他为自己找到的"交通工具"就是设计。有趣的是，他居然认为椅子也是建筑，他说历史上伟大的建筑家都曾拥有自己设计的椅子，其理由是"他们想把自己的椅子作为杰作留存世间吧"。

我想，我死后，能不能也变成这样一把椅子呢？如果能的话，我该把自己安放在哪里呢？海边，当然好，但那离亲人太远了。而且，要找到没有污染又没有那么多杂沓脚步的海边，在中国实在太难了。想了想，我觉得还是放在大学校园比较好，我喜欢年轻有朝气的面孔和带着弹性的脚步。不过我想把自己一分为三，变成三把弧形的椅子，这样它们可以围成一个圆，在它们中间最好可以有一张圆桌，让学生们可以放置书籍、电脑、水杯，还可以在上面铺一张大纸，或者干脆用白板做桌面，学生可以一边讨论一边在上面画出思维导图，或者画出题解，或者随便别的什么。唉，我们的校园里太缺乏讨论的空间了，不是吗？到斯坦福大学逛逛，你知道校园里最美的风景是那些在阳光下学习、思考、讨论的学生，最棒的校园是为学生创造出这种可能性的校园！

当然了，我不反对在椅背上做几个二维码，学生一扫就可以知道这个叫作"陆晓娅"的人是谁，甚至还可以阅读我写过的文章。

打住，有点自恋了！

回到椅子。

我没有考证过椅子的历史，但以我多年前在陕北插队的经验，椅子的出现，应该是为了满足人类更高级的需要。在20世纪六七十年代，也就是我上山下乡那会儿，陕北老乡还在生存线上挣扎，村

北爱尔兰贝尔法斯特女王大学中的纪念椅

里二十几户人家，我不记得谁家有椅子，只记得有的人家会有一条凳子。我一直没学会在炕上盘腿吃饭，我们知青也没有凳子，连小板凳都没有，所以夏天的时候，能坐在门槛儿上或者院子里的磨盘上吃饭，都让我感觉幸福。

所以，在我心目中，椅子是一件让人幸福的家具。它使人可以更安全、更放松地坐下来，慢慢地享用餐食，静静地阅读、思考、欣赏风景，深入地或肤浅地互动交流。

不过在旅行中我发现，和一些国家相比，在中国的公共空间中，椅子相对还是比较少的。也许，是我们人口太多，让人们流动起来比让他们坐下来更重要？也许，是中国人对公用品的保护意识还太差，容易让椅子毁坏或丢失？也许，是规划部门和设计师还没有觉察到人们更深层的需要？

其实有一个地方特别需要椅子，那就是墓园。

我们中国的墓园中很少能看到椅子，我想这不仅因为我们人口太多，很多墓园都十分拥挤，也因为我们总觉得生死两隔，甚至觉得墓园里阴气太重，不宜久留。但一份温暖的、亲密的、深刻的关系，怎么可能一拍两散？一把椅子，让活着的人与逝去的人可以相互陪伴，那份或许沉重却无与伦比的爱，难道不是人世间的珍宝吗？难道不是如阳光一样温暖绚烂吗？

一天清晨，在英国巴斯附近的村庄里，我独自走出前一晚投宿的B&B。空气清冽，阳光明媚，穿过窄窄的小街，我信步走进一座乡村小教堂。小教堂边上，有一座墓园。它规模不大，里面大树成荫，绿草覆盖，有的墓碑前面摆放着泡在水中的鲜花，有的墓碑已经倾倒，看上去早已无人打理。我感觉这个墓园虽小，却有很长的历史。

一个人走在墓园里，我一点儿也不感到害怕。相反，墓园的宁静与美丽，让我觉得特别放松和享受。我羡慕当地人能有这样一块美丽的地方来埋葬自己的亲人，并且可以常常来看望。或许，这就是乡间生活的好处吧。

墓园的小路边，有一张宽大的木椅在等着我。不，它应该在等着那些逝者的亲人们。它知道扫墓并非仅仅是清洁一下墓碑，放上一束鲜花，对于好多人，特别是那些亲人逝去不久的人来说，他们还想陪在逝去的亲人身边，和他／她说说心里话。

国外很多墓园都有椅子。即便是一些狭小的墓地，也可以看到小号的椅子安放在边上。我看到过两位老妇人坐在墓碑对面聊着什么，或许她们是一对姐妹，在怀念逝去的父亲或丈夫；我也看到成年男子，默默地低着头坐在一座墓前；我还看到年轻女士坐在那儿的背影，虽然我不知道她在怀念谁；在巴黎的蒙帕纳斯公墓，我还看到一位男士安坐在波德莱尔雕像边的椅子上读书……我无法知道这些坐在墓园椅子上的人心里发生着什么，他们和逝者之间曾有着怎样的联结，但我看到了"爱"不曾随着死亡消失。

英国巴斯乡间墓地的椅子

　　也许，很多人会说，亲人死了，要节哀顺变，要努力"向前看"，要对逝者说"再见"，尽快走出悲伤，"让生活重回正轨"……如果流连于墓地，又如何做到这些呢？

　　帮助人们在丧失中生存下去，已经成为心理咨询与治疗的重要课题。与传统的哀伤理论不同，现在很多心理治疗家已经认识到"尽快忘却逝者"并非更好的选择，因为哀伤中存在着"爱"！如果没有对逝者的爱，何来哀伤？爱与哀伤，是成正比的，爱得越深，往往哀伤也越深。这些被泪水包裹着的爱，不能被否定、被忽略，它们需要被看到、被珍惜，被重新挖掘出来，成为宝贵的资源，为生者未来的生活提供力量和意义。我在北京万安公墓曾经看到一块墓碑，上面刻着"我们真实的眼泪，是你人生的珍珠"，这是女儿为在巴黎突然亡故的父亲写下的。"眼泪"——"珍珠"，这是多美的比喻啊！

所以，在所爱的人故去后，请给哀伤一把椅子吧，不要急于让生者对逝者"say goodbye"，而是允许他们一次次地用他们自己喜欢的方式"say hello"：也许是在墓园里坐下对亲人说说心里话；也许是用亲人穿过的衣服，做一个纪念玩偶；也许像我一样，在妈妈去世后独自去到海边，上午写作我和妈妈的故事，下午在海边漫游，望着晚霞中的落日，想着妈妈是不是已经找到了我那"渺渺冥冥，如归大海，如归苍穹"的爸爸[2]。

摄于北京万安公墓

心理学家早就发现了这种丧亲后的"持续性联结"，它们可能会以不同的形式表现出来，也可能持续不同的时间。有研究者将它们分为"外在化联结"和"内在化联结"。"外在化联结"是指丧亲者产生与逝者有关的幻觉或错觉等，并拒绝接受逝者离世的事实。这样的联结，会对生者产生消极的作用，让他们被哀伤压倒，难以适应丧亲

2　我父亲去世前写的遗嘱，第一句话是："健则行，倦则睡尔。渺渺冥冥，如归大海，如归苍穹。"

后的生活。在心理治疗中，咨询师会帮助丧亲者合理使用和调整这些联结，慢慢地将"外在化联结"转化为"内在化联结"：既记住曾经的美好时光，体验逝者的存在，同时选择用逝者会感到欣慰、高兴，甚至骄傲的方式继续生活。[3] 比如易解放女士，在她的独子因车祸去世之后，看到儿子笔记本中内蒙古沙化的资料，她想起儿子说过毕业后要去内蒙古植树。她和丈夫成立了 NPO 绿色生命公益组织，开始在内蒙古库伦旗植树。2012 年，他们提前完成了种植 110 万棵树的承诺。在墓地，她对儿子说："睿哲，谢谢你！你的离去，妈妈已趋平静，因为在辽阔的内蒙古，总有生命替你活着！"

摄于俄罗斯圣彼得堡涅夫斯基修道院墓地

---

3 《哀伤理论与实务：丧子家庭心理疗愈》王建平 [美] 刘新宪 著，北京师范大学出版社，2019 年。

我希望将来中国的墓园里能出现更多的椅子，让生者可以安心地坐下来，静静地表达自己的思念和爱。墓园里的椅子，不管有没有人坐着，它都给予美好的感情一种可能性——椅子象征着陪伴，象征着在身边，象征着没有忘记，象征着对话仍在继续。椅子帮助生者与逝者建立起联结，让爱流淌，让爱延续，让爱永无止息。

我的吴哥：与死亡抗衡的游戏场

安德烈·马尔罗／正因为我只能无所选择地死去，我就要选择自己的生。

威廉·詹姆斯／不朽是人的伟大的精神需要。

库索／唯有在死亡中，万般皆是生机。

在网上预定吴哥自由行的时候，凭着某种感觉，我选择了暹粒的仙女假日酒店（Apsara Holiday Hotel），那时我并不知道 Apsara 是什么，为什么我单单选它作为陌生之地的落脚处。

到了吴哥才知道，Apsara 乃印度神话中的仙女，在吴哥所有的古寺庙中，都雕刻着她的曼妙身影。和"高棉的微笑"一样，Apsara 也是吴哥文化的象征。

旅行的最后一天，我和女儿来到了夕阳下的女王宫（Banteay Sri）。这是一座用粉红色砂岩建造的神庙，外墙和门楣上刻满了精美的浮雕，有"吴哥艺术之钻"的美称。

此刻，柔和的光线洒在神庙上，浮雕变得明暗有致，更加细腻立体，随处可见的 Apsara 也更显妩媚丰腴。

夕阳下的女王宫

炎热和疲劳退却了。时光和历史凝滞了。傍晚携着宁静和神秘到来。

夕阳从雕花的三角楣饰背后沉下，将它变成了简洁的轮廓。忽然，以 Apsara 为结点，几条隐秘的线索跳跃出来，串联编织成一个故事，一个跨越近 90 年，却还带着生命温度的故事。

24 年前，还是文学作为启蒙读物的年代（在经历了 10 年无书可读的日子后），精神饥渴的我，疯狂地购买刚刚出版的一切外国当代文学作品。某天在某个新华书店里，我买到了柳鸣九主编的"法国廿世纪文学丛书"。

丛书有十多本，包括被人追捧的杜拉斯的《广岛之恋》，但深深打动我的却是其中的《王家大道》。

正是这本小说，让我与马尔罗相遇。

安德烈·马尔罗，法国人。在一些介绍吴哥的书上，他被称作"文物盗窃者"。

的确，1923 年，当时只有 22 岁的马尔罗和他的妻子克拉拉，冒着葬身林莽的危险，跑到柬埔寨的丛林中寻找一座湮灭已久的古寺。他们听说，那里有被称作"东方维纳斯"的精美女神雕像。

在克拉拉的戒指中，藏着可以用来自杀的氰化钾。由此可以想见，两个年轻人出发时怀着多么悲壮的心情。

他们的确经历了九死一生，在雨林、芦苇丛中，发现了残破的神庙和刻着 Apsara 女神的精美石雕。马尔罗将浮雕切割下来，穿越丛林和土著部落，准备将浮雕运回法国。可惜功亏一篑，法国殖民当局扣住了石雕，以"文物盗窃"罪起诉马尔罗，判了他三年刑。

据说，当时一票法国文化精英，如纪德、莫里亚克、莫洛亚、雅各布、阿拉贡等人，为营救马尔罗出狱发起了请愿，最后他被改判一年半，还是缓期执行，等于他就没有坐牢。

马尔罗发现的地方，就是 Banteay Sri。它原来叫作 Ishanapura，后来据说是因为神庙建筑上有很多美丽的 Apsara，就被叫作了 Banteay Sri，意为"女人城堡"（中文被翻译成"女王宫"）。

是马尔罗让这个地方扬了名，所以它成为吴哥古迹中最早被保护、被修复的地方，这颗"吴哥艺术之钻"闪亮至今。

22 岁的马尔罗，离开熟悉的故乡，不惜踏入危险之地去寻找"东方维纳斯"，动机何在？发财？扬名？怕是兼而有之。正是生命起航的时候，若能名利双收，未来何愁？

但以生命为赌注去冒险，必有更深的心理动因，毕竟不是人人都豁得出去。

人的行为自有其模式，看看后来马尔罗做了什么，就不难理解他 22 岁时的举动。

马尔罗躲过牢狱之灾后，马上就返回了印度支那（今中南半岛），创办《印度支那报》，和殖民当局对着干。他还跑到中国，与中国革命党人往来。后来他以中国革命为背景写了《征服者》《人的命运》两部小说，后者获得了龚古尔文学奖，让他一步跨入法国一流作家的行列。

1936 年，西班牙爆发内战，35 岁的马尔罗又掺和进去，这回他成了天空中的冒险家，不仅亲自驾驶战斗机，还成了外国空军部队的总指挥。

第二次世界大战爆发，法国被纳粹德国占领，马尔罗钻进坦克抗敌，不幸被俘，却又侥幸逃出。之后他参加地下反法西斯工作，终是渴望枪声炮声，跑去参加游击队，成为阿尔萨斯·洛林纵队总指挥，解放了阿尔萨斯。

马尔罗的故事写到这里，恐怕很多人都会想到另外一个人，一个和他很像很像的人，这就是海明威。

海明威也掺和过西班牙内战，也在二战中不甘心只当个握笔的记者，而要真刀真枪地干上一回，当然也和年轻时代的马尔罗一样，喜欢四处冒险。

海明威在他的小说中塑造硬汉，也以冒险的行为刻意证明自己是硬汉。据说，海明威小时候曾被当女孩子养过，所以硬汉是一个"反向形成"的心理机制，帮助他克服童年经历的阴影（海明威一生创伤甚多）。

马尔罗呢？我没读过马尔罗的传记，无从了解他的童年经历，据说他曾说："我憎恨我的童年。"他无疑和海明威一样，是雄性荷尔蒙旺盛，喜欢冒险、挑战的家伙。战后，马尔罗成了戴高乐政府的官员，先后担任过新闻部长、国务部长和文化部长，据说他在文化部长任上颇有建树。1996 年，在马尔罗死去 20 年后，他得以栖身葬着伏尔泰等伟人的"先贤祠"。

先不管后来的马尔罗，反正当年那个马尔罗是行为狂野、内心深沉，剑走偏锋的。所以他的柬埔寨之旅写出的不是见闻、游记、文物考察报告，而是《王家大道》这样一本对生命充满思考的哲理小说。

换句话说，他的探险之旅，其实是一个他精心设计的"跟死亡对抗而生存"的实验，他要在这场实验中，通过死亡的威胁寻找生命的意义，在充满腐烂味道的密林中寻找浮雕，只是必要的载体和过程。

彼时，马尔罗的同学们，或者正在"倒腾汽车"（商人），或者"涂着发蜡"在发表演讲（学者），或者"蓬头散发以示科学"地在造大桥（工程师）。马尔罗借着小说中主人公的话说，他对他们"从不作欣羡之想"。他觉得他们这么做，"只是为了受人尊敬"，而他"厌恨他们孜孜以求的这种尊敬。对一个既无家庭与子女，又不信仰上帝的人来说，对秩序的屈服就是对死的最大屈服；因此，他要到别人从不顾及的地方去寻找他的武器：这首先就要求他具有摆脱别人所过的生活的力量，这就是勇气。当人们相信自己的存在对某种永生有用的时候，对主宰他们行为的僵化的思想，你能怎么样呢？对那些一心把自己的生活纳入一种模式的人的说教，那些将死的语言，你又能怎么样呢？生活缺乏既定的目的性，反而倒是行动的条件……"。

这就是了。诱惑着马尔罗迎向死亡的，其实是恐惧：

> 人的衰弱，才是人真正的死。
> 安于命运，接受它的安排，过着一成不变的刻板的生活，
> 像条狗守着自己的窝……
> 您想象不到一个人成为自己生命的囚徒是个什么滋味。
> ……

马尔罗害怕过平凡平庸、一成不变的生活，他觉得那是生命对于死亡的屈服，是最可怕的生活。所以他选择向死而生：

> 正因为我只能无所选择地死去，我就要选择自己的生。

1923 年，走向异国、走向丛林、走向死亡的，就是这样一个马尔罗。

1987 年，已经死去的马尔罗，用他的《王家大道》，将吴哥作为一条密码，植入了我精神成长的 DNA。我相信，我的生活道路因此有了不同。我多了一份警惕，警惕变成自己生命的囚徒；也多了一份勇敢，一份不把自己的生活纳入一种模式的勇敢。

2011 年，一个中国女人站在女王宫夕阳下，她久久凝视着的，是那个 22 岁的法国青年曾经凝视过的美丽。

她的脚步踩在他的脚印上，虽然那脚印早已湮灭；她的目光落在曾让他惊艳的 Apsara 上，虽然 88 年的风雨已经洗去了他的指印。

在她身后，日本人、韩国人、欧美人、澳洲人、柬埔寨人一拨拨地走过。间或，熟悉的中国话飘到她的耳边："看了几天，都审美疲劳了。"

她不知道他们为何来到这里。他们也不知道她为何来这里。引领她来到这里的，不是时尚杂志上的精美图画，不是网络上驴友们略带夸张的分享，而是24年前的一本小说——这是属于她的秘密。

因此，她来到的是她的吴哥。

她在吴哥的宏伟遗址、野性废墟和精美浮雕底下，看到的是一个与死亡抗衡的游戏场。在这个游戏场上，那个法国青年仅仅是个后来者。

吴哥窟，吴哥最伟大的建筑，柬埔寨古老文化的象征，它甚至飘扬在柬埔寨的国旗上。

吴哥窟日落

但如此宏伟的建筑，究竟何用？

人们猜测，这是苏耶跋摩二世给自己建造的陵寝。苏耶跋摩二世以毗湿奴（印度神）自居，他在世时修建了吴哥窟、托玛侬、崩密列、班提色玛等神庙。而其中最大、最壮丽的吴哥窟，与其他神庙不同，大门向西而开，暗合了下葬时需要朝向西方的柬埔寨传统。

苏耶跋摩二世创造了吴哥王国的鼎盛时期，但他清楚地知道自己终究难逃一死。也许王者对于死会有更大的恐惧，因为他们在开疆辟土中杀害了太多的生灵，也因为他们知道无法带走人间的财富和威严——那是他们曾经拥有并引以为傲的。

所以，他们要用巨大的陵寝来证明自己曾经的存在？用巨大的陵寝告诉后人，即便死了，他们也还存在？

不知道苏耶跋摩二世站在高高的寺庙山上，看落日在他疆土的地平线上落下时，是否曾倨傲地想到：我将以这样的方式，与大地、与太阳共存！

不是王者的人们呢？

1936年，考古学家发现了女王宫的基石碑铭，发现这座神庙居然不是国王所建。建造这座美丽神殿的是俩兄弟，他们属于婆罗门阶层，有王室血统。

难怪女王宫那么小巧，又那么精美。婆罗门，权力无法与王者比肩，只能建造小小的神庙，但他们所拥有的艺术素养，却可以帮他们用美来创造出永恒——那是另一种抗衡死亡的游戏。

固然，"美"包含着许多主观的感受，人们的审美偏好并不相同，但"美"一旦被创造出来，就拥有了一种超越时空的能力。西方青年马尔罗在热带丛林中邂逅"东方维纳斯"，近百年之后的我，可以伴着朝霞与落日在吴哥徘徊徜徉，端赖这"美"所具有的超越性啊。

就算女王宫之美也不能永恒，就算我们所在的蓝色星球也有灰飞烟灭的一天，那又怎样呢？对婆罗门兄弟来说，这创造女王宫的过程，已经让他们的生命热情熊熊燃烧过。我相信，正是在人生的这些时刻，对必有一死的恐惧，对生命短暂的遗憾，都会悄然退却，让位给使人心醉神迷、欲罢不能的"当下"——过去与未来并未消失，它们都已经借着"创造"融进美妙的当下。如果人生中充满了一个个这样的"当下"，恐怕死亡焦虑就会大为减轻。

我的吴哥，就是这样一个在平静中充满张力的地方：创造与破坏、野性与妩媚、暴露与深藏、湮灭与永恒——如此分裂又如此整合——那是生命与死亡抗衡的游戏创造出的精彩！

在这场游戏中，表面上是"人"失败了。君王也好，伟人也好，最终都要臣服于死神，无人能够逃脱。

但苏耶跋摩不在了，吴哥窟在那里；婆罗门兄弟不在了，女王宫在那里；马尔罗不在了，《王家大道》在那里。

"当薄弱的音符跟随了丰饶的音乐，或遥远的梦想召唤起孤单的脚步，生命便摆脱了不知所求的荒诞，存在便跳出了不知所从的虚无。"（史铁生）

现在，我来到我的吴哥。

奥斯维辛，一趟艰苦的思想之旅

维克多·弗兰克尔（奥斯维辛幸存者）／你可以从一个人身上拿走所有的东西，但是有一件不行：人类最后的自由——在所有特定环境下选择自己的态度、选择自己的方式。

普里莫·莱维（奥斯维辛幸存者）／生活的目标是对死亡最好的防御，这不仅适用于集中营的生活。

早上七点，克拉科夫的天还没亮，我们就上了去奥斯维辛的小巴，车程是一个半小时。

到了克拉科夫后才知道，参观奥斯维辛需要网上预约。为了减少不确定性，完成预约后，我们还特意到汽车站了解了一下汽车班次，并决定去赶头班车，让奥斯维辛之行有充足的时间保证。

对于我来说，第二次波兰之行的重中之重就是奥斯维辛。1993年，我和报社同事曾应《波兰青年报》邀请访问过波兰，那时我们更为关注的是团结工会的诞生地格但斯克。

为什么此行我一定要去奥斯维辛？当然，那是纳粹实施大屠杀的现场，联合国教科文组织在 1979 年将奥斯维辛集中营列入世界文化遗产名录（用工业化手段进行的大规模屠杀，这也是人类"了不起"的发明）。我一直觉得，历史中的血色和人性中的黑暗，这红与黑都是我们作为人类一分子不容回避的。但是，想去奥斯维辛，于我还有着非常个人化的理由：我这个在时空上都与它相隔甚远的中国女人，其实与它有一种无形却深刻的关系——曾经发生在那里的故事，通过书籍和电影参与了我心灵的建构。去奥斯维辛，是去默哀，也是去致敬。

奥斯维辛集中营

老天似乎特意为我们更换了背景：那天气温下降，不时落下小雨，有时还夹杂着雪粒，头顶上的天空也被灰色的阴云笼罩。这深秋的灰暗和寒意，是要让我们更贴近当年集中营里人们的痛苦和绝望吗？

那一大片可以参观的区域，现在叫作奥斯维辛-比克瑙纪念地（The Auschwitz-Birkenau Memorial），分为奥斯维辛Ⅰ和奥斯维辛Ⅱ-比克瑙两个部分。我在入口处买了一本英文导览，然后和大家一起按照规定的路线参观。

"奥斯维辛Ⅰ"即当年的奥斯维辛集中营，"劳动使人自由"这句德文标语被铸在它的大门上，就像我曾经在捷克特雷津集中营看到的一样。四周一层层的铁丝网、院子里吊死囚犯的柱子和枪毙过5000多名犯人的"死亡墙"，都阐释着这是什么样的"自由"。当年关押囚犯的房间，现在大部分都成展室，展示着囚犯非人的日常生活和他们那些令人不忍目睹的遗物：一只只空了的皮箱，一双双破旧的鞋子，眼镜、饭碗、衣服、假肢、头发，还有装着毒死他们的化学品齐克隆B的罐子。

让我印象很深的是，展览努力还原了"人"的故事，而不是把监禁与屠杀抽象为数字与概念。在展室和走廊里，一张张囚犯过去的生活照片和进入集中营后的照片，让参观者无法回避他们曾经的存在和他们经历的苦难。当我看到一个原本鲜活、拥有家庭和健康的人，在这里怎样变成骷髅般的存在，然后变成一缕灰烟，恐惧和哀伤的潮水便漫上心灵的堤防。看到一些照片上插着花朵，我知道那是他们的后人来过了，我该为逝者感到欣慰还是该为生者感到难过？

坐摆渡车，从奥斯维辛Ⅰ到奥斯维辛Ⅱ-比克瑙，一下车，眼前的场景竟是那样的熟悉！在"影像中的生死学"课堂上，我不止一次带学生看过电影《美丽人生》，那个集中营的大门就在这里。

脚下的铁轨从大门穿入，我站立在它的尽头。被火车运送进来

比克瑙集中营

的囚犯，那些男人和女人，那些老人和孩子，就在这里被分为两队，一队直接送进毒气室。

再往前，两座毒气室倒塌在那里，断裂的钢筋水泥下面，曾经有上百万人在恐惧中呼号着、挣扎着，最后变成一座尸山，被钩子拖拽到焚尸炉里。这样的画面出现在电影《索尔之子》里，而我作为一个探究生死的人，竟然几次都无法看下去。

"在奥斯维辛，人不再死亡，而是被当作尸体生产出来。"意大利学者阿甘本的话曾让我惊心动魄，而我当下就站在这个令人毛骨悚然的"生产"现场。

不仅仅是用工业化手段杀人，还有日常的杀戮与残酷的身体与精神虐待。比如，比克瑙有一排营房被称为 Death Block（死囚区），这个地方没有食物，没有水，甚至没有厕所；比如，纳粹医生用活人进行实验；比如，纳粹在挑选被送进毒气室的人时，让犹太囚犯在旁边演奏音乐……

一如野草会掩埋血迹，这些在苍天下发生过的事情，也可以很快被遗忘。人类常常对苦难和丑恶转过头去，或是出于自我保护的心理本能，或者出于有意欺瞒的政治需要。

但人类啊，毕竟发明了文字！为了见证曾经发生过的浩劫和苦难，在奥斯维辛，在犹太隔离区，在极权和暴力践踏的许多地方，人们用各种文字、不同文体为历史写下了证言。

1946年，两位幸存者用他们的文字为奥斯维辛做了历史见证，一位是意大利化学家普里莫·莱维，一位是奥地利心理学家维克多·弗兰克尔。

莱维说，他耻于生而为人，因为正是人类发明了集中营。但是，莱维的见证超越了耻辱。首先，他见证了奥斯维辛的暴力、死亡与日常的非人化生活；更深一层，他见证了集中营对人的尊严的摧毁，对人的灵魂的毒化。但是，在更深的层次上，他也见证了在一个每种细节都被设计来将人类变成行尸走肉的环境里，有些人仍然维持着自己高贵的人性。比如，一位难友告诉他，必须按时洗澡，挺起腰杆走路，因为集中营是使人沦为畜生的大机器，"我们不应该变成畜生"。

冰冷的雨水，让集中营的道路变得泥泞。我和同伴走在比克瑙集中营长长的路上，望着四周的凄凉景象，我不能不想起维克多·弗兰克尔所书写的故事：

那天，弗兰克尔随着漫长的队伍由营区走向工地。鞋子早已破了，两脚满是冻疮和擦伤，他痛得几乎掉泪。天气十分寒冷，凛冽的风飕飕吹着。他心里不断想着：今晚有什么吃的？如果额外分配了一截香肠，该不该拿去换一片面包？充作鞋带的一根电线断了，如何才能够再弄一根来？是否来得及赶到工地，加入熟悉的老工作队？否则必须到另外一个凶恶监工的队伍里去。该如何博取狱霸的好感，好让他分派营内的工作给自己，免得老要长途跋涉到工地上做苦工……

然后，是让我深感震撼的一段话："我对时时刻刻想着这些琐事的情况感到厌烦了，就迫使自己去想别的事。突然，我看到自己站在明亮、温暖、欢快的讲堂上，面前坐着专注的听众。我在给他们讲授集中营心理学！那一刻，我从科学的角度客观地观察和描述着折磨我的一切。通过这个办法，我成功地超脱出当时的境遇和苦难，好像所有这些都成了过去。我和我的痛苦全成为自己心理学研究的有趣对象。"[1]

我几乎是含泪在集中营的泥路上给我的同行者讲了这个故事，这个我在《活出生命的意义》一书中读到的故事。

回想起来，我与维克多·弗兰克尔相遇似乎是一种必然。1991年11月，我在中国青年报社创办了为青少年提供心理支持的"青春热线"。在每晚开通的热线中，总有些年轻人会问："我不知道自己为什么要活着。""活着有什么意义？"当时，我也曾请教过在大学执教的心理学家，但是他们说，这些问题应该由哲学家而不是心理学家来回答。

也就在这时，我买到了三联书店出版的小册子《活出意义来》（后来由华夏出版社以《活出生命的意义》为书名出版，后多次重印并再版），认识了这位维克多·弗兰克尔。书中关于奥斯维辛的经历和他对生命意义的思考，将我对生命的认识带入一个新的层次。显然，这位心理治疗家并不认为"生命意义"的问题与人的心理健康无关，相反，他认为"每个时代都有自己的神经官能症，都需要有它的心理治疗法"，而"现时代的神经官能症可以说是'存在的空虚'"，在他看来，"存在的空虚"就是感觉到"生命没有意义"。

战前，弗兰克尔就在探索一个新的心理疗法，他称其为意义疗法，因为他认为人最重要的动力，不是弗洛伊德说的"寻求快乐"，也不是阿德勒说的"追求优越"，而是努力发现生命的意义。进入集

---

1 《活出生命的意义》[奥地利] 维克多·弗兰克尔 著，吕娜 译，华夏出版社，2010 年。

中营时，他关于意义疗法的初稿被没收了，他相信重写这部"我灵魂之子"的渴望，也是帮助他战胜集中营严酷处境的重要原因。他也在集中营里实践着他的意义疗法：在难友们极其绝望的时刻，在黑暗的囚室里，他和难友们讨论受难的意义、牺牲的意义，讨论为什么要活下去。他说："当电灯亮起时，我看见狱友们蹒跚地向我走来，满含泪水，充满感激。"

弗兰克尔在奥斯维辛的经历和他对人生意义问题的思考，让我意识到：生命中每个迷茫或痛苦的时刻，其实也是我们寻找生命意义的时刻；生命中的每个选择，也是我们对自身生命意义的一次建构。从这样一个视角来看"迷茫"和"困惑"，它们似乎就不那么可怕了，甚至还有了某种积极的价值，因为它们背后都隐藏着对生命意义的追寻："我为什么要活着？""我活着有什么价值？""如何活着才能不负此生？"

但是对生命意义的追问，无疑是不轻松的，甚至会给人带来扰动和压力，就像弗兰克尔说的"人对意义的追寻会导致内心的紧张而非平衡"。因此，人们常常会回避这种紧张，比如有人说，与其苦苦思考生命意义何在，不如好好享受和珍惜当下。甚至我还听到有位心理治疗师说："生命本无意义，你接受了生命的无意义就会快乐了。"

现在来看，面对人类复杂的内心世界和心理疾患，弗兰克尔的意义疗法确实有些简单化，但是对于意义的追寻真的没有意义吗？

从数千年人类的追问和探寻来看，人生意义的问题，既没有唯一的、也没有永恒的答案，弗兰克尔也说："生命的意义在每个人、每一天、每一刻都是不同的。"那为什么不把这个问题从心灵深处去除掉，或者让它消解为无形呢？

"得到"APP上，有人问开设"西方现代思想"的刘擎先生"人生意义问题有意义吗？"刘擎先生是这样说的："提出和探究这个问题，是人之所以成为一个人的标志。"对此，我深以为然。为什么呢？因为人和动物的重要区别，就是人拥有自我意识和死亡意识，即，人知道"我"是必死的。面对必死的结局，那我为什么活着呢？于是，生命意义的问题就诞生了。虽然，我不确定是不是所有的人都会在一生中的某个时刻遭遇这样的问题，但我从个人的生活经验和心理咨询中发现，这个"大哉问"会在生命的不同阶段，由于不同的挫折或挑战，戴着不同的面具出现：它可能装扮成焦虑，也可能装扮成茫然或者失落，还可能藏在深深的抑郁之下；甚至当孩子离家，你觉得家里和心里都空荡荡时，那颗心也是在寻找生命的新的意义；甚至一块写着"生于乱世 死于盛世 一生蹉跎 命运如是"的墓碑，也在悲叹"我生命意义何在"。

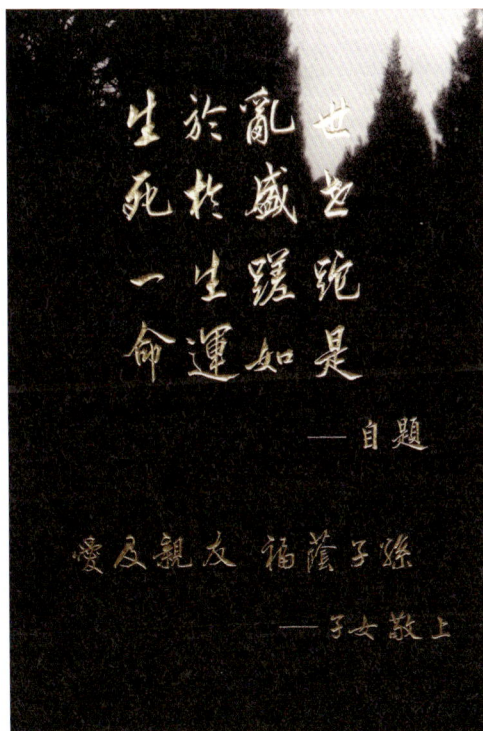

摄于北京万安公墓

"生命意义何在"，其实永远有一个主语，那就是"我"。看上去这是个抽象的"大哉问"，其实加上了"我"这个主语就具体了很多。追问"我生命意义"何在，就是为人生担当起自己的责任——须知人生不会重来，它只有一次，而追寻意义的动力其实正来自对生命有限性的超越。美学家潘知常先生对此有一段非常棒的表述："对于'意义'的追求，将人的生命无可选择地带入了无限。意义，来自有限的人生与无限的联系，也来自人生的追求与目的的联系。没有'意义'，生命自然也就没有了价值，更没有了重要。有了'意义'，才能够让人得以看到苦难背后的坚持，仇恨之外的挚爱，也让人得以看到绝望之上的希望。因此，正是'意义'，才让人跨越了有限，默认了无限，融入了无限，结果，也就得以真实地触摸到了生命的尊严、生命的美丽、生命的神圣。"[2]

在疫情肆虐的 2020 年，我认识的几位中年朋友，做出了人生的重大决定，改变了自己的生命轨迹。他们之所以能够做出这样的决定，是因为对自己的人生进行了刘擎先生所说的"深度反思"——对人生意义的追寻，其实正是深度反思的重要坐标点。我自己在退休以后，先是选择创办教育 NGO，然后选择一边照顾患有阿尔茨海默病的妈妈，一边在大学开课，这些选择背后都有我对老年生命意义的思考与追寻，都是我活出自己生命意义的努力。

但是，对生命意义的追寻，可能也会将人带上歧路。

从奥斯维辛回来，心理学家利夫顿的著作《纳粹医生》中译本刚好上市。这本书是他在访谈了 40 多位前纳粹成员（其中 28 位为医生）、80 多位在奥斯维辛医疗区工作过的集中营幸存者后写成的。我迫不及待地阅读了它，因为在奥斯维辛，我不仅想到受难者，也想到

---

2 《头顶的星空：美学与终极关怀》潘知常 著，广西师范大学出版社，2016 年。

制造苦难和浩劫的人，那些参与屠杀的刽子手。他们难道不和我们同样是人吗？他们怎么就会做出这些丧失人性的事情？他们如何看待自己的那些残忍行为？

抱着困惑和好奇，我打开了这本厚厚的书。很快我就在序言读到："参与大屠杀，并不需要有从事这种恶毒之事理应具备的极端情感或恶魔情感。或者换一个说法：普通人竟也可以恶魔般行事。"[3]

也就是说，我们每个人都有可能成为"恶魔"！利夫顿就是想通过这项研究，"发现走向邪恶的心理条件"。但是，他的研究结论比汉娜·阿伦特的复杂多了，所以很难像"平庸的恶"那样成为一个广为流行的概念，我在此当然也难以尽述。在他众多的深刻洞见中，与此文相关的是：利夫顿发现，这些形成了"奥斯维辛自我"的纳粹医生，也在为自己的行为构建意义，比如，"履行自己的职责""成为终极生物学战士""通过医学爱好获取成就""治愈日耳曼种族"等等。

利夫顿说，"这样一种意义感是遮蔽罪恶感的一种重要手段"，而"奥斯维辛让一个法则变得非常清晰：人的心智可以从虚无中创造出意义"。

这无疑让我大为震惊，虽然它似乎从另一个角度印证了维克多·弗兰克尔说的"人是寻求意义的动物"。

那么，两者的分野在哪里？

我注意到利夫顿说自己的研究范式，包括了当下与终极两个维度。而所谓的终极维度，"关注更多人的参与，一种在我有限的生命中连接祖先和后代的感觉"，一种"不朽感"——我发现，在这里，欧文·亚隆说过的人类处理死亡焦虑的另一个重要模式出来了："集体主义的话语（种族、阶级、民族、宗教、国家等等）之所以打动人

---

3 《纳粹医生：医学屠杀与种族灭绝心理学》[美] 罗伯特·杰伊·利夫顿 著，王毅 刘伟 译，江苏凤凰文艺出版社，2016 年。

心，在于它们通向'不朽'——个体生命转瞬即逝，而群体却生生不息，因此，人们通过依附集体而靠近永生，平息对死亡的恐惧。"

再问，在什么样的情形下，人更容易通过对集体的依附来平息死亡恐惧呢？或者说，需要通过宏大叙事来建构自己的生命意义呢？

利夫顿说，人会因失去自己的象征性目标而加重意义渴望。我虽然不理解他说的"象征性目标"指的是什么，但我想到"码头工人哲学家"霍弗的一段话："当我们的个人利益与前途看来不值得我们为之活下去时，我们就会迫切需要为别的事物而活。所有形式的献身、虔诚、效忠和自我抹杀，本质上都是对于一种事物牢牢攀附——攀附着一件可以带给我们渺小人生意义以价值的东西。因此，任何对替代品的拥抱，都必然是激烈和极端的……"[4]

也许，一个人在现实生活中充满希望时，是不太容易被蛊惑的；也许我们需要警醒，自己所追寻的意义来自哪里或通往何方；也许，通过"深度反思"和艰苦努力，去发现和创造自己生命的意义，是比"从虚无中创造出意义"作为替代品，更为可靠和健康的。

再回到奥斯维辛吧，因为我还有个故事实在想讲。这个故事告诉我们如何从真实的生活中去创造自己的生命意义。

这是一个女人的故事，她在90岁的时候出版了自己的第一本书《拥抱可能》。作者伊迪丝·伊娃·埃格尔，犹太人，战前和父母及姐姐生活在匈牙利。在他们全家被押解到奥斯维辛的第一天，父母就被送进了毒气室。德国人被打败后，盟军从死人堆里解救了她和姐姐。虽然迎来了和平的日子，但是巨大的心理创伤像无形囚笼一直笼罩着她，噩梦、闪回、许许多多的愤怒、内疚、悲伤、自我怀疑和恐慌发作，都让伊迪丝和她的家人长期经受折磨。在移民美国、辛苦地养大

---

4 《狂热分子：群众运动圣经》[美] 埃里克·霍弗 著，梁永安 译，广西师范大学出版社，2011年。

154

人们在坍塌的毒气室前放置烛灯纪念死难者

了三个孩子后，伊迪丝决定去上学。在大学里，一位年轻的学生猜出她是奥斯维辛幸存者，拿出一本《活出生命的意义》推荐给她看。伊迪丝说，那本薄薄的书放在包里，"就像一颗滴答作响的炸弹"，让她充满恐惧，因为她害怕这本书会重新把她带到地狱里去。午夜时分，她终于打开了这本书，当她读到弗兰克尔说的"你可以从一个人身上拿走所有的东西，但是有一件不行：人类最后的自由——在所有特定环境下选择自己的态度、选择自己的方式"，伊迪丝终于明白，"我也有选择的权利。这种认识将改变我的生活"[5]。

后来，伊迪丝见到了弗兰克尔，因为都是幸存者，她终于打开心扉，第一次和别人分享了自己在奥斯维辛的经历。在学习过程中，她获得了许多心理学知识并接受了心理治疗，50岁的时候她得到了临床心理学博士学位，成为一个为他人治疗心理创伤的人。

---

5 《拥抱可能》[美]伊迪丝·伊娃·埃格尔 著，陈飞飞 译，电子工业出版社，2020年。

我觉得这本书中最最震撼我的，是伊迪丝重返奥斯维辛。当我读到她做出了这个决定时，立马关掉了 Kindle。我无法想象，伊迪丝回到父母遇害的地方，回到和姐姐一起遭受非人虐待的地方，回到被迫为纳粹屠夫门格勒医生跳芭蕾的地方，她会不会恐慌发作甚至精神崩溃？为什么一定要去？连她的姐姐都拒绝与她同行。

那天，伊迪丝和丈夫一起参观完奥斯维辛 I 之后，独自来到比克瑙集中营。

她无法忘记那一天，当纳粹医生门格勒指着显得年轻的母亲问她"她是你母亲还是你姐姐"时，她的回答"母亲"，让妈妈直接被送进了毒气室。

"我应该说'姐姐'！为什么我没说'姐姐'呢？"多年来，伊迪丝一直被这件事情折磨着，她觉得自己本可以做出不同的选择，这样就能拯救母亲的生命，哪怕只有一天！

现在，她站在与母亲分离的地方，她决定原谅 16 岁的自己。已经成为心理治疗师的她，知道自己必须完成这件"未完成之事"，不能让自己永远生活在悔恨、内疚与痛苦之中。她来到奥斯维辛，为的是"原谅我的缺点，找回我的纯真。不要再问为什么我应该活下去。尽我所能，尽我所能服务他人，尽我所能让父母感到荣光，确保他们不会白白死去……我无法改变过去，但我可以拯救一条生命，就是我的生命。我现在就生活在这个难能可贵的时刻"。

这并不意味着她会忘记过去，忘记父母。伊迪斯捡起一块小石头，在犹太人的传统里，它代表着死者活在亲人的心中。她将小石头留在自己曾经住过的营房里，在心里对妈妈说："我爱你，我将永远爱你。"

走出集中营大门时，伊迪丝看到一位穿着制服的保安，这仍然让她受了惊吓，她屏住呼吸等待枪声响起，但最终她跳着舞步离开了集中营。她知道自己真正自由了——她学会了原谅自己，学会了生存和茁壮成长，"不再是任何事情的人质或囚犯"！

现在，90多岁的她仍然从事着心理治疗工作，她用自己的经历去帮助更多人发现真正的自由，成为自己的解放者。

感谢奥斯维辛之行，让我经历了一趟艰苦而漫长的思想旅行。

长寿之城与长寿之人

让·埃默里

时间是我们最顽固的敌人，也是我们最亲密的朋友。我们唯一完全独自占有却从未把握的东西，我们的痛楚与希望。

《百岁人生：长寿时代的生活和工作》

当生命延长的时候，肯定会有些质量上的差异，因为人们自己能决定如何度过额外的时间。

去一个陌生的城市旅行，如果有可能的话，我一定会做两件事：一是买一张城市地图，二是找个居高临下的地方俯瞰城市。这两件事不仅会帮助我形成对城市的整体感觉，还会让我触摸到城市的生命状态：它们是从哪里生长出来的，它们正处在什么样的年龄，是什么在它们的身上打下深深的烙印。

看着城市依傍的河流或海口，看着环绕着的古老城郭，看着天际的城市轮廓线，看着高低错落的屋顶与塔尖，看着小巷中的人影与高速路上的车流，我就会感受到城的呼吸和脉动，看到它的表情和体态，听到它的呢喃与呼喊，找到它在山川原野间悄然长大的秘密，还有历史留在它身上的疤痕和创伤。

细想起来，城也各有其命啊。有些城早衰早亡，留下嶙峋白骨般的残垣断壁，让后人叹息复叹息；有些城曾经风华绝代，却遭遇猝死，把一生的精彩凝固在废墟之中，让人在唏嘘中又止不住地艳羡；有些城因为港口壅塞、商路改道而慢慢窒息，历史烟云吹散了喧器，只剩下寂寞供人凭吊；而有些城却是无比长寿，多少次血与火的洗礼，它的细胞与肌体还能再生，老妖精一般堆积着层层风霜，内里却裹着千年风骨，继续刺激着人类的欲望和梦想。

唉，哪座城没有自己的生命故事呢？只要肯停下匆忙的脚步，肯克制一下拍照的冲动，让自己静静地与这座城待在一起，这一座座带着生命感的城市啊，就会让人看到古老中的新生、繁华下的衰颓、断裂后的重启和脆弱里的强韧……

城的故事，也是人的故事，也是生命的故事，也许还是启迪生命的故事。

巴黎：蝶变之城

埃菲尔铁塔

　　地球上有千百座城，能被称为世界之都的城市寥寥。不管有没有排行榜，有没有评定综合实力指数，巴黎作为世界之都的美名都不能被撼动。

　　但它凭什么是世界之都呢？

　　我想，你只要俯瞰过巴黎，你的心就会被收服。

　　巴黎可以登高俯瞰的地方太多啦，埃菲尔铁塔、圣心大教堂、巴黎圣母院钟楼、凯旋门，不同的制高点带来认识巴黎的不同视角。

我去法国的时候，巴黎圣母院的尖塔还没有被大火烧毁，我在迷蒙细雨中爬上教堂的钟楼。在卡西莫多出没的地方，隔着铁丝网俯瞰巴黎。低头，脚下是"巴黎的摇篮"西岱岛，据说公元358年罗马人在这里建造了宫殿，是为巴黎建城之始。头抬高一点儿，满眼密密麻麻的建筑顶上，先贤祠、荣军院的穹顶像皇冠上的宝石一样，闪耀着雨水也不能遮挡的尊严与荣光；再抬一点头平视，在城市天际线上突兀升起的，是埃菲尔铁塔、蒙帕纳斯大厦和一小撮摩天楼。我突然觉得这些耸立在边缘的家伙，怎么有点像叛逆的青少年呢？它们愣愣地戳在那里，斜眼望着老巴黎，心里大概在想：哼，别说我丑，我比你们年轻！

从巴黎圣母院俯瞰巴黎

入夜，登上凯旋门，放眼四下望去，12条放射性大道已然变身为12条光河，奢华与梦幻闪烁其上，恍惚与浪漫浮动其中，这些巴黎的精灵正被汽车载着，输送到城之深处的毛细血管中。这灯火明灭的巴黎大舞台上，多少生命故事开始进入高潮？多少人间喜剧还没落幕？这哪里是悲惨世界，分明是璀璨之都、魅惑之城！

夜巴黎的风让我沉醉，凯旋门的气派更让我想入非非：我，不是拿着相机在捕捉巴黎之美的旅人，而是在检阅夜巴黎的将军！你看，那四面八方辐辏而至大街，那一条条流动不息的光河，不正在向高高的凯旋门致敬吗？

暮色中的巴黎凯旋门

自我一膨胀，我对巴黎的感知就"哐当"进入了一个新结构：此时，街道不再是街道，建筑不再是建筑，它们都成了建构法国人精神世界的材料。

法国人骄傲啊，他们早就想把巴黎建成新罗马，以城市之辉煌凸显君主之伟大，因此，一代代统治者都在不断地扩建城市。到了拿破仑打败俄奥联军，要建一座凯旋门来纪念这一伟大战功，结果这巴黎的凯旋门，愣把欧洲所有凯旋门都比了下去（朝鲜人说，平壤的凯旋门才是世界第一，因为比巴黎的高了10厘米）。

但宫殿与纪念建筑的辉煌，解决不了人口剧增给城市带来的压力啊，住房挤、交通塞、瘟疫虐，老巴黎仿佛身染沉疴，病得不轻。这时法国又出了个拿破仑三世，这也是个敢做大梦的大人物，他兵变失败被关在监狱里，干脆用这段"空闲"草拟了大规模改造巴黎的计划。待他几番折腾真当上了皇帝，便任命奥斯曼男爵掌管巴黎，将其梦想变为现实。这位奥斯曼男爵的想象力与执行力都堪称一流，他大刀阔斧，经过18年的精心设计和强力拆建，林荫大道贯通了，地下排水道建好了，新的建筑按照规定的高度与风格矗立在街道两边，还有大大小小的公园让人们休闲放松。那个因人口暴增而拥堵的、恶臭的老巴黎，经此大规模美容手术脱胎换骨，变得血脉通畅，神清气爽，靓丽优雅，遂获得了世界之都的美名，尽管"雨果们"对于老建筑被毁痛心不已（据说奥斯曼拆掉了巴黎1/3中世纪和文艺复兴时期的建筑），尽管大批穷人被迫迁到了郊区（据说在巴黎改造刚完工就发生的巴黎公社起义中，这些心怀不满的人是重要参与者）。

还好，和我们中国喜欢大手笔改造城市的人相比，奥斯曼的美学修养显然高了不止一个等级，在他主导的几次大拆大建中，巴黎仍然保存了一种"岁月感"。这岁月感不仅附着在一些保留下来的古建筑上，而且弥漫在整座城市中：灰色调为主的建筑，古色古香的门窗与栏杆，广场上的雕塑和纪念柱，它们与林荫大道和公园一起，让巴黎在改造中羽化成蝶，而没有变成一只丑陋的蛾子。

而且，奥斯曼还是一位空间心理学家，他在凯旋门周围开拓出广场和12条放射状的大道，在巴黎的大地上画出了一颗光芒四射的星：以凯旋门为中心，向外散发法兰西的历史与文化之光；还是以凯旋门为中心，向内聚拢法兰西的民族之心。君不见，但凡有重要日子，凯旋门上都会用激光打出法兰西国旗，无数人聚在香榭丽舍大街和周围的大街上，形成了一个巨大的能量场。

没赶上这样的大日子，无法亲身体验这样的能量场，我只能在凯旋门上让想象飘逸一下。"星"这个造型真是太有趣了，它有强大而明确的中心，又具有高度的离散性。这个两极化的设计难道不是一种隐喻吗：权威与反权威，臣服与自由，能量的聚集、爆发与传播、消散……当年的法国人大概就是这样吧：他们被"自由、平等、博爱"的思想激荡着，一次又一次发动革命，聚集起可怕的能量去推翻旧制度，其激烈程度世所罕见。但革命与复辟、无政府与专制轮番上演，政治剧变长久地震荡着法国。除了经济与政治的因素外，这与人的心理结构是否有关呢？法国心理学家勒庞在《革命心理学》一书中说，"一旦他们受到一个强有力的权威镇压，这些冲动而残忍的大众就会立即变得俯首帖耳，其暴力程度越高，其奴性也就越强"[1]——这也是一种两极化：权威人物与铁腕人物既可以被大众推翻，也可以迅速成为大众的"中心"。

夜风吹散了我的胡思乱想，眼前的巴黎如此美丽，又如此平和。从一个半世纪前，巴黎第一个完成了古代城市向现代城市的转型起，它的中心区就是我看到的这个模样。后来，即便少许审美上的改变，比如卢浮宫广场钻出几个玻璃的小金字塔，比如"肠子"都裸露在外的蓬皮杜文化中心，都会引起巴黎人情绪上的波动。

也许，美人尤其需要岁月静好和以不变应万变吧。巴黎的优雅，就像老窖里的酒，唯有岁月才能把它酿得更加馥郁芳香，醇厚绵长。

老丘吉尔曾说：我们塑造我们的建筑，之后它们塑造我们。（We shape our buildings, thereafter they shape us.）

---

1 《革命心理学》[法] 古斯塔夫·勒庞 著，佟德志 刘训练 译，吉林人民出版社，2004 年。

经奥斯曼改造后的巴黎，显然影响了巴黎人的气质，但当无数的新移民涌进巴黎之时，他们能否被这城的优雅塑形？还是，他们潜入巴黎的优雅之下，慢慢地改变着巴黎的气质？

卡西莫多出没的地方

伦敦，演化之城

伦敦塔桥（周为民 摄）

如果说，去巴黎之前，我对这座城多少有点概念，那我对伦敦的认识，却是一片凌乱：太多以伦敦为背景的电影、小说，还有行前下载的伍尔夫的《伦敦风景》等一干书籍，让我时空错乱，无所适从。

　　待爬完 500 多级台阶，上到圣保罗大教堂的顶上，我大吃一惊：伦敦这座两千年的老城，现在竟然是这副模样啊："伦敦雾"早已散去，狄更斯眼里那座"黑色尖叫"的城市，已经变身为一座魔幻之都。那些象征着科技与资本力量的摩登建筑，带着钢铁的硬朗和玻璃的闪亮，带着"碎片大厦""小黄瓜""对讲机"等等的奇特造型，生生地插进这座大都市，而不像它们的巴黎同伙那样被排挤在城市边缘。在它们身后，一台台塔吊还在空中忙碌地运转，不知道又会让什么样的怪诞家伙和经历几百年风雨的古建筑无缝对接。伦敦人，可真不吝！

新旧交织的伦敦

　　再看看下面的泰晤士河，它的气质和左岸兮兮的塞纳河太不一样了！或许是因为直通大海吧，这泰晤士河上飘荡着浓厚的商业气息：西边，一只巨大的"伦敦眼"在千禧年来临时张开了，与河对岸的大本钟争夺着游人的注意力，也全然不忌惮旁边威斯敏斯特宫和威斯敏斯特大教堂的庄严；东边，建于 19 世纪的伦敦塔桥，雄浑厚重，却至今仍能开合自如，让载货大船通过，正如开通于中国石达开兵败大渡河那年的伦敦第一条地铁（黑线），现仍在轰隆隆地运行；正前方呢，一道纤细的千禧桥，仿佛就是伦敦塔桥的反义词，轻盈地、婀娜地越过泰晤士河，似乎故意要给老伦敦增添几分青春的活泼和俏皮。对岸，优雅的莎士比亚环球剧院和外表披着工业风尘的泰特现代美术馆并肩而立，它们似乎并不在意风格搭还是不搭，也不在意前身是发电厂还是别的什么。

从圣保罗大教堂俯瞰伦敦

　　泰晤士河两岸，古风与摩登各有其位。河边那堆有近千年历史的石头城堡，是我们刚刚去过的伦敦塔，这个看上去既不气派也不怎

167

么豪华的地方，竟有数代英国国王居住过，且这国王"故居"还身兼数职：首先它是一座著名的监狱，关过不少名人和贵族，此外，还充当过军械库、造币馆、观象台、动物园……唉，英国人怎么就不把"王"住过的地方好好供起来呢？

和伦敦塔相比，圣保罗大教堂脚下的伦敦金融城或许名声还更大些。在这块被伦敦人称为 The Square Mile（一平方英里）的宝地上，金融家们做得风生水起，银行、证券、外汇、保险、期货，啥都有，它像个巨大的引擎推动着经济的发展，甚至干脆被捧为 a global powerhouse（全球的力量中心）。

要说这么牛的地方，该把持在政府手心吧？可至今它仍由古老的伦敦金融城自治机构——伦敦金融城政府及其参议会主宰，市长也要竞争上岗的，且据说女王要进去也得先征得市长同意。

当然金融城早就溢出了一平方英里，不远处的金丝雀码头上，"新金融城"已经崛起。在一座教堂上看眼前这幅新旧交织缠绵的景象，我竟然感觉自己找到了同类：作为一个被学生称为"顶着一头奶奶灰的后现代老太太"，我觉得自己正身处一座后现代城市中！

别问我伦敦美不美，因为眼前的伦敦的确缺乏所谓"美学上的连贯性"；而且，看上去它还散乱得找不到中心，或者说它有太多的中心。可是，这不怎么规整、不怎么统一、不怎么和谐的伦敦，怎么散发着一种奇怪的生机呢？怎么真的让我感觉到了"伦敦的心脏热腾腾地跳"呢？在圣保罗大教堂的顶上俯瞰伦敦，这古怪的乱中有生机的感觉竟是如此强烈，甚至立马让我联想到了冯仑那本谈民营企业的书——《野蛮生长》。

这不是被无数人形容为"乏味""丑陋""灰暗"的伦敦，而是一座活了两千年还没活够，还在努力拔节生长的城！

和规划过的巴黎相比，一直抵制大规模规划的伦敦，真的是有点"野"。本来，1666 年的大火之后重建我们脚下这座圣保罗大教堂的雷恩爵士，也想以圣保罗大教堂为中心，建造起欧陆式的林荫大道，向四面八方伸展出去，就像后来奥斯曼在巴黎凯旋门做的一样。但不仅生活在 17 世纪的雷恩爵士未能如愿，二战后有人提出的类似方案也折戟沉沙。《伦敦传》的作者说，"它们被政治压力、经济限制和局部的强烈反对击败"，伦敦"成功地让任何整体性的宏伟计划受挫"。

我来自经常以"举国之力"搞大工程的国度，要理解伦敦人的行为有点难，他们是不是太缺乏"大局观"和"长远目光"了？为啥他们既不愿意对伦敦做大手术，又不是特别心疼老家底？在 1666 年大火和二战大轰炸两次重创之后，伦敦人为何不撸起袖子大展宏图，趁机在废墟上把城市收拾得规整漂亮，怎么会落到"没有任何计划或者管控能够抑制这座城市"的地步？

也许，英国的商业精神和市场驱动太强大了，乃至于伦敦人"不理解其他任何关于生命的原则"，在城市建造上也急慌慌地顾不上审美需求和长远发展？抑或是在英国于 13 世纪签订了《大宪章》，1688 年进行了"光荣革命"后，权力的分割与相互制衡和对私有产权的保护，让在英国办"大事儿"变得越来越难？或者，还有我所不知道的力量，最终没有让伦敦变成巴黎？

没有变成巴黎的伦敦，就一定不好吗？显然，和巴黎相比，伦敦更新迭代的速度快了许多，而且在 20 世纪 70 年代中期，伦敦人重拾对历史和文化的尊重之心，设立了大约 250 个保护区。所以，我今天才会在大教堂顶上看到一边解构、一边建构的伦敦，它新旧杂陈又生机勃勃，呈现出一股鲁莽无畏的活力。一位学设计的后生告诉我，今天的伦敦，仍是世界上工业设计的前沿。

在城市发展中，老伦敦似乎不知不觉走了一条"演化"而非"革命"的路子，它似乎更信任"看不见的手"，而不信任那些做大梦的人；它宁愿谢绝壮丽的"蓝图"，宁愿放弃审美上的统一标准，宁愿不要现代性的结构严谨和中心化，放任自己在混乱中生长，结果变得更加多元，也更富有活力。

当新巴黎已经让岁月变成老巴黎时，站在圣保罗大教堂顶上的我，怎么觉得老伦敦已经变成了新伦敦？真是好奇妙啊！

伦敦眼（周为民 摄）

耶城：永恒之城

"永恒"的意思就是不死。通常，"生机"与"死亡"是对立的存在，在生物学上富有生机的地方，常常会让人感觉不到死亡，但那可是假象。很多的"生机"都是速生速亡，只不过后代快速地生长掩盖了死去的前代而已。

让我奇怪的是，城市好像不是这样。有些在贫瘠的地理条件下成长起来的城市，居然能创造出某种带着恒久气质的文化，比如雅

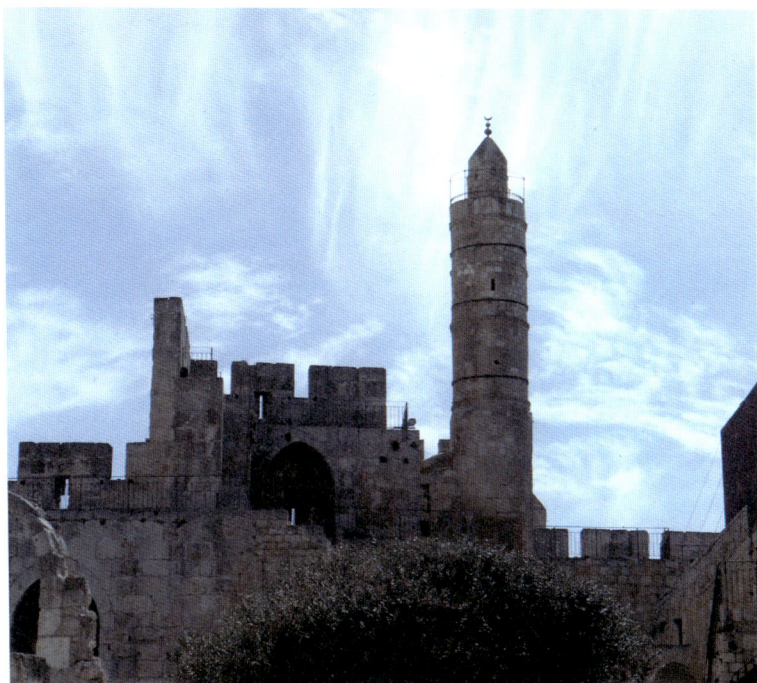

耶路撒冷大卫塔城堡

典，比如威尼斯，比如开罗，比如耶路撒冷。

如果说，巴黎带着蝶变后成熟女性的优雅，伦敦仍葆有毛头小伙儿的鲁莽，那么耶路撒冷则拥有老者的沧桑和复杂：血与火让它过早地失去童真，它的身上流淌着异质难融的血液，肢体被不同的主人管控。它伤过筋，动过骨，皮肤上满是褶皱和伤痕，但不同宗教与文化的荷尔蒙，仍然随时会让它浑身颤抖，热血激荡！

哦，我说的，当然是耶路撒冷老城，而不是以"大卫王饭店"为地标的西耶路撒冷。

喊一声"芝麻开门"，我钻进了大马士革门，跟着狭长深邃的小巷走向历史深处，走到雅法门边的大卫塔城堡。说是"大卫塔"，其实这里和以色列王大卫并无关系。据说它是希律王建造的行宫和防御工事。当然，哪一个统治者都没放过它：罗马人、穆斯林军队、十字军、马穆鲁克苏丹和奥斯曼帝国，分别占据过、摧毁过或改建过它，在它身上毫不留情地留下自己的记号。

白天来，在这里的耶路撒冷历史博物馆中，考古发掘出的文物让我对古城历史越发着迷；晚上来，法国团队打造的灯光秀，将宏阔的历史画卷直接投放在城堡古老的墙壁上，绝对震撼。但最意想不到的是，我们在这里碰到了时任以色列总理的内塔尼亚胡！

说来，以色列应该是个最容易发生恐怖袭击的地方，前几天我们在特拉维夫，还专门去了前总理拉宾遇刺之处。按理说，国家领导人出场，安保措施应该妥妥的，可那天内塔尼亚胡到大卫塔来，居然没有清场，我们只是被告知有活动，上面的展厅要关闭半个小时。我的同伴很机灵，她发现周围多了很多安保人员，断定来的是大人物，用长镜头向城堡上面的平台一扫，就发现好像是内塔尼亚胡。她用英语向身边的女安保求证，女安保居然就点了头。电视台在最高处采访内塔尼亚胡，我们就在下面的小卖部吃午饭，可谓各得其所。吃完，总理先生也下来了。他迎面看见了我们，大约有半秒钟的迟疑吧，就径直走过来握手，问我们来自哪里。我的同伴立即就问是否可以合影，"Of course（当然）。"这以色列总理一点儿没犹豫就答应了。于是，我们把手机、相机递给他身边的工作人员，稀里哗啦一通儿拍，旁边的以色列人明白过来，赶紧跟着蹭了几张合影。

总理大人前脚走，我们后脚就爬上他刚刚接受采访的地方。四下一望，便明白他为啥选择在这里接受电视台采访了：此乃耶路撒冷老城的最高点！在这里接受采访，不是刷存在感，而是在刻意强调和张扬犹太人的存在感！

国旗，乃国家的象征之一。在1976年的"六日战争"中，以色列军队夺取了耶路撒冷老城，以色列士兵曾将以色列国旗竖起在圆顶清真寺上。时任国防部长的达扬，明智地让士兵把旗降下来，并在

10天后将圣殿山的管理权交给了伊斯兰组织的基金会。现在，在这个可以俯瞰整个耶路撒冷的城堡上，在白云舒卷的湛蓝天空下，蓝白色的以色列国旗正呼啦啦地飘，连我这个过客，都能感觉到这国旗飘扬带来的霸气。

城堡下面，是另外一种虽不夺目却让我惊心的色彩——苍黄的耶路撒冷老城像一座迷宫，带着前现代的结构与外表展现在我的眼前：高大的城墙，狭窄的小巷，五花八门的建筑与不同宗教的文化符号，或深藏，或挺身其间，祈祷祝颂之声相闻，老死不相往来。

在大卫塔上俯瞰耶路撒冷

这迷宫般的城啊，你对我不仅是物理上"迷"，容易迷路的"迷"，更是文化上的"迷"，令人迷惑的"迷"。可偏偏它又是心理上的"迷"，莫名其妙地让我迷恋！尽管这些年来，我越来越喜欢复杂的事物或曰事物的复杂性，但面对这座老城，我只能哀叹自己的心智太过简单。天底下没有哪座城像它一样，能将如此之多的异质元素，生生压缩在如此有限的时空中，让我意乱情迷！

开始，我拿着老城地图，想搞清楚犹太区、穆斯林区、基督教区和亚美尼亚区的界限与特点，但我很快发现这是多么徒劳。你不能把耶路撒冷看成一个平面，平面只是表象。就像圣墓大教堂，教堂钥匙保存在朱达家族手中，但必须由努赛贝家族的人负责开门，两个都是德高望重的阿拉伯家族。最先在里面开始做弥撒的是东正教，由八个传教士围着圣墓用希腊语祝颂，然后是亚美尼亚基督徒进行"巴达拉克"仪式，再之后才轮到天主教。这还仅仅是三个主要的教派。我这个不信神的家伙进到教堂里面，在不同方位上看来自世界各地不同教派的人们做不同的仪式，真是晕菜！

你也不能只看耶路撒冷的外表，那些突出在世俗建筑之上的宗教圣所之顶，还有深埋在地下的历史，远比在这座城里弥漫的情绪容易识别。很多东西在这里对峙着，又在这里奇怪地共存着。你可以看见裹着头巾的穆斯林参观基督教堂，也可以在小巷中眼见穿着白袍的穆斯林和一身黑的犹太人像风一样擦肩而过，彼此却完全不看对方。

丽日晴空下，这苍黄的老耶路撒冷啊，像一团时光织出的茧子，纠结缠绕着三千年的族群与宗教之丝，你中有我，我中有你。老城里的每一条街，每一座建筑，都有那么多的故事，那么多的血泪，那么多的神圣记忆，谁也不敢轻易地改变它。于是，这座城就慢慢地石化成解不开的人类文明之结了吧？

叹一口气，把脚和心从老城拔出来，爬到东边的橄榄山上。

从东往西俯瞰老城，感觉果然不一样。现在，我的视野中最显眼的就是圣殿山，在那块平整的大岩石上，圆顶清真寺的金色穹顶绝对是最为夺目的存在。在它的后面，隔着苍黄的老城，几座高大建筑在新城升起，给前现代的老城加上了一个现代性硬线条的背景。

收回视线，在老城城墙下面，密密麻麻的是什么？

那是我刚刚去过的墓地。虽然我的知识不足以解读那些墓碑，但从墓的形制和墓碑上的文字看，很多墓显然埋着阿拉伯人。

不过，把视线再收回一点儿，就在我们脚下的橄榄山上，还有一大片密密麻麻的新墓地。不玩单反了，没有长镜头，可透过小卡片机，我还是一眼就发现了墓碑上刻的希伯来文，不少墓碑上还放着小石子。我去过布拉格和克拉科夫的犹太人墓地，知道那是犹太人祭奠逝者的方法之一。

橄榄山上的犹太人墓地

好大一片墓地啊，据说世界各地的犹太人都希望埋葬在这里，因为在他们的信仰中，弥赛亚降临时，葬在离圣殿山最近的人会最早复活。所以，没得说，这里的墓地肯定贵得要死。

老耶路撒冷啊，你不仅吸引我这样的活人，也吸引死人。你承载了太多人类的精神寄托，你看，不同宗教的朝圣者正像潮水一样向你涌来。

也许，现世的生活常常令人失望，常常令人绝望；也许，人类无法超越死亡的恐惧，所以人类需要另一个世界作为精神寄托吧？

但当这座城承载着人类对另一个世界的不同构想时，它注定不得安宁了。不为财富，只为信仰，三千年老城经历了一次次的防御与攻占、屠城与恐袭，留下了多少难以愈合的创伤？

耶路撒冷老城中的四个区域，是"我们"与"他们"的物理分界线，所幸近些年来，这里并没有成为文明冲突的前线。游逛在老城里，能看到不同族群和信仰的人，虽然并不亲近，甚至可以彼此视而不见，但仍能井水不犯河水地各自生活着。

那是不是这座城，还有一个更为神圣的使命呢？如果有一天，在耶路撒冷，不同的宗教和族群能够找到彼此宽容、和平的共处之道，人类历史是否就此翻开了新的篇章？

这是我的妄念吗？

一个自知活不过百年的人，游荡在这些千年老城，或许是让漫长的历史来扩展和丰厚自己的生命感知吧。人生苦短，有时都来不及活到"沧桑"。

且慢，据说一个今天出生在发达国家的孩子，有50%的概率能活到105岁了！百岁寿星，已经一堆堆地出现在我们身边了。

想想就很令人震惊：中华人民共和国成立的1949年，我们中国人的平均预期寿命才35岁[2]！

当"人活七十古来稀"成为过去，而百岁人生指日可待时，人如何度过漫长的一生，就成了一个"问题"，虽然它不是一个"To be

---

2 见国家统计局网站文章《人口总量平稳增长 人口素质显著提升——新中国成立70周年经济社会发展成就系列报告之二十》。

or not to be"的问题，却是一连串不断需要面对选择和挑战的问题：像美国诗人罗伯特·弗罗斯特说的"可惜我不能同时去涉足"两条路的情景 3，可能因为人生的漫长而被消解，你有足够的时间去尝试更多的东西，有更多的机会去改变自己的人生之路；另一方面，百岁人生中不碰上"黑天鹅"事件的概率很小，而悄悄酝酿着的"灰犀牛"事件，也会出来考验你的应对能力。

就像那些老城，活得久了就有活得久的问题。

巴黎，在遭遇了人口不断膨胀、城市环境逐渐恶化的"灰犀牛"后，通过一场大手术羽化成蝶。而你，如果不想成为一只荣格派心理学者说的"慢慢老化的毛毛虫"4，人到中年时也想来一场蝶变，那么，你是否能够忍受巴黎改造时带来的那种混乱和焦虑？你是否拥有转型的勇气和资源？

在你漫长的生命中，是否可以像伦敦那样，保留着传统的根，又允许新的事物生长？你是否能不在乎别人的目光，努力为自己创造新的可能性空间，让它们为你带来人生下一阶段的成长和繁荣？

在垂垂老矣之后，你会像耶路撒冷那样，拥有了丰富多彩的生命故事，但同时也留下一些纠缠难解的结和难以言说的痛吗？你可以去直面它们，解开它们，让自己的生命完成整合，从容地与这个世界告别吗？

俯瞰一座座老城，我懂得了城市不是名词，而是动词，它们的生命存在于一连串的动词中：创生、建造、拓展、开辟、竞争、博弈、坚守、放弃、毁坏、维护、更新……

百岁人生，大概也需要一串动词吧，比如：学习、思考、探索、尝试、创新、变通、妥协、放手、转换、成长……

3　美国诗人罗伯特·弗罗斯特《未选择的路》中的诗句：黄色的树林里分出两条路，可惜我不能同时去涉足。

4　《变形：自性的显现》[美]默里·斯坦因 著，喻阳 译，中国社会科学出版社，2003 年。

让星空照亮回家之路

李白《拟古十二首》／生者为过客，死者为归人。

天地一逆旅，同悲万古尘。

梵高／每当我……急需得到……宗教的安慰时，

我就到户外去描绘夜空的繁星。

在给学生上"自助旅行与自我成长"课的时候，有一个单元我专门和学生讨论在旅行中如何获得丰富的体验，我也列出了一些我觉得特别需要和值得去寻找的体验，比如星空体验、海洋体验、寂静体验、荒原体验、废墟体验等等。每一次，我都会问学生："有谁见过银河？"但每次举手者寥寥。这些在城市中长大的孩子，习惯了夜晚璀璨的灯光，却缺失了一种重要的心灵体验：星空体验。

我是个迷恋星空的人，结束上山下乡，从陕北农村回到北京后，我只能在旅途中邂逅美丽的星空了：

在塔克拉玛干沙漠腹地，看到夜空中星星那样稠密，我一时竟想不出该如何形容这非凡的景象，脑子里出现的竟然是"芝麻饼"这么形而下的东西。后半夜，当一颗颗流星划过夜空坠下时，我的感受也变得"形而上"起来，至少内心时间的尺度已经不再是"此生"。

在阿里荒原上，我和一个年轻的军医搭乘一辆军用卡车，要在一天之内行驶将近 500 公里，从什布奇边防连赶到狮泉河。当汽车在海拔 5000 多米的大坂上抛锚时，给我们做伴的只有呼啸的高原之风和黑色夜空中闪烁的星星，前者让我感觉恐怖，后者却让我得到莫名的安慰。行驶了 20 多个小时之后，我看到了启明星升起，然后终于看到了其他汽车的灯光。那一刻，天上地下的辉映，让我知道目的地就在前方了。

在长白山夜行赶路，突然发现星空特别璀璨，于是我们停车，关掉发动机和车灯。我一手拉着女儿，一手拉着另一个女孩，跌跌撞撞向前走，让她们去看横亘头顶的银河……

正是对星空的迷恋，去约旦旅行时，我们"吐血"预订了瓦迪拉姆沙漠中的豪华帐篷营地，因为那里有透明的星空帐篷。我们期待着夜深之时，躺在床上就见到满天繁星！

可是到了营地，工作人员却把我们带到了帆布的帐篷里。我的旅伴拿出打印好的预订单，指着上面的图片和他们争辩，他们却指着文字说我们订的是 tent（帐篷），而非 bubble（透明泡泡屋），好在最后我们还是住进了 bubble。

晚饭后，我们在营地中游荡，夜空中有星星闪烁，却不是繁星满天。也许，只能期待后半夜了？可万一醒不了怎么办？

这个担忧纯属多余。凌晨一点多钟，睡梦中的我觉得四周明晃晃的，我迷迷糊糊地问同伴："你开灯了？"她说："没有啊！"

原来，是明月已当空，月光正穿过透明的屋顶照进来，愣是把我给照醒了！

这下好了，月光如此明亮，就不要指望能看到星星了，皎皎月光已经让星星们黯然失色。

那又怎样？这颗将我从睡梦中唤醒的月亮，不也是离我们最近的一颗星吗？谁说卫星就不是星了？原来用望远镜才能看清的环形山，现在是明亮的大月面上一团团充满魅惑的暗影。对我来说，那个被科学揭秘的世界，在沙漠中又变成了可供想象的世界：如果此刻，我在月亮之上眺望星空，夜空中硕大的蓝色地球，会不会先是让我吓傻了，继而又让我感动得哭了？

后来，中国也有了沙漠酒店，从朋友传来的照片上，可以看到乳白色的 bubble 上空，是数不清的星星，而银河仿佛就"挂"在 bubble 之上，营地的光线向上联结起银河，仿佛是一道通往天国的神秘光柱。

星空拍摄现在似乎成了摄影圈的一个热点。我的学生中就有此爱好者，但我希望他们在拍摄星空的时候，不仅关注拍摄的技术，也能在某些时刻忘记相机的存在，让自己静静地仰望星空，感受星空，甚至让自己有一种融入宇宙的感觉，而不是把星空仅仅当成一个客体。

那样的时刻，人们会想些什么呢？会把自己当作天空中的一颗星星吗？如果人的视角变成了所谓的"宇宙视角"，会带来怎样的影响呢？

虽然星空远远不等于宇宙，就像天文学家卡尔·萨根说的，在银河系中，我们地球所处的位置只能算是偏僻的荒野，何况宇宙中还有难以计数的河外星系。但无疑，仰望星空会把我们的思绪带向浩瀚无边的宇宙。

法国圣米歇尔山的星空

那又会怎样？

有人认为，宇宙视角会让人认识到自身的极端渺小，因此带来强烈的幻灭感、空虚感和生命的无意义感。

据说有位心理学家在纽约的海登天文馆看过一场名为《通向宇宙的护照》的太空秀后，内心受到强烈震撼，他给天文学家尼尔·泰森写信，说他想对观众进行一次观影前后的问卷调查，以评估他们在观看节目后的沮丧程度。他说看《通向宇宙的护照》引发了他最强烈的渺小感和无意义感。

你猜泰森怎么说？他说，我是专门研究天体物理学的，我整天面对宇宙，可是我并没有"渺小感"。我的感受是我是跟宇宙连接在一起的，我感觉更自由了。

泰森认为，"是这位教授，而不是我误读了大自然"。他说人类并非空间和时间的主人，而是作为一个伟大的宇宙存在链的参与者，"'人是万物之灵长，宇宙之精灵'的文化假设助长了人类的自负"。

作为一个科学家，泰森在《给忙碌者的天体物理学》[1]最后一章中，列出了"宇宙视角"带给我们的十大启迪，我实在忍不住要把它们全抄在下面：

> 宇宙视角是谦逊的。
>
> 宇宙视角是精神上的——甚至是救赎的——但不是宗教的。
>
> 宇宙视角让我们能够以一种思想同时把握宏观和微观。
>
> 宇宙视角使我们的头脑对非凡的想法保持开放，但又不至于使我们脑洞太大以至于容易轻信我们被告知的任何事。
>
> 宇宙视角使我们睁开眼睛看宇宙，它不是被设计用于抚育生命的慈爱摇篮，而是一个寒冷、孤独、充满危险的地方，迫使我们重新评估所有人对彼此的价值。
>
> 宇宙视角表明地球是一颗尘埃。但它是一颗珍贵的尘埃，目前，它是我们唯一的家园。
>
> 宇宙视角在行星、卫星、恒星和星云的图像中发现美，同时

1 《给忙碌者的天体物理学》[美] 尼尔·德格拉斯·泰森 著，孙正凡 译，北京联合出版公司，2018 年。

也颂扬着塑造着它们的物理定律。

宇宙视角使我们的眼界能够超越我们的环境，让我们超越寻找食物、住所和伴侣的原始需求。

宇宙视角提醒我们在没有空气的太空中，旗帜不会飘扬——这也许象征着在太空探索中我们不必掺杂进任何狂热的爱国情绪。

宇宙视角不仅包含了我们与地球上所有生命的遗传亲缘关系，同时也珍视我们与在宇宙中任何尚未发现的生命之间的化学亲缘关系，以及我们本身与宇宙之间的原子亲缘关系。

尽管泰森罗列了十条之多，但是我认为他还是落了很重要的一条：

宇宙视角可以扩张人的想象力。

想想吧，有多少创世神话、多少科幻作品，来自星空，来自宇宙？中国影响力最大的科幻小说《三体》不也是吗？

的确，星空体验是一种强烈的心理体验，它不同于日常生活中的小感觉、小情趣、"小确幸"；宇宙视角是一种非同寻常的视角，它将我们抛入难以想象的巨大尺度中，豁开我们狭隘的精神世界。是的，这样的体验会让我们感受到自身的渺小和生命的无意义，但这渺小感和无意义感，不也是倒逼我们去更好地珍惜自己的存在，更好地创造自己的人生吗？

我非常羡慕宇航员，他们不再仅仅是仰望星空，而因为飞离地球获得了更大的空间视野、更独特的时间感知，这也让他们获得了心理学上说的"高峰体验"：

美国宇航员埃德加·米切尔在从月球返回地球的路上，用了很长时间从"阿波罗 14 号"上往外看。他看到了浩瀚的宇宙，一遍遍地欣赏眼前的景观，沉浸在狂喜之中。一方面，他感到自己就是宇宙的一部分，因体会到和谐之美而狂喜；另一方面，他获得了前所未有的视角，因心胸开阔而狂喜。

好在，作为没有机会参与太空飞行的普通人，我们仍有机会从夜空中获得安慰。

加拿大社会学家阿瑟·弗兰克在身患癌症之后，常常因为疼痛不能入睡。为了不惊醒妻子，他像个孤魂野鬼一样，抓住扶手在楼梯上上下下走动。有一天，他在楼梯转角的窗边停住，看到外面月光如水，"这个世界怎么会这样美丽宁静？"他十分惊讶，于是坐下来欣赏美丽的月色。渐渐地，疼痛减轻了；渐渐地，他明白了在临终的路上，还有许多"存在的时刻"……

我想，泰森所说的"宇宙视角是精神上的——甚至是救赎的——但不是宗教的"，或许有更加形而上的解释，但是对于那些即将离世的人来说，如果他们没有宗教信仰、不相信有死后世界，美丽的星空，无边的宇宙，也能为他们提供归属感，让他们感觉是"回家"吧。

我父亲在遗言里说："健则行，倦则睡尔。渺渺冥冥，如归大海，如归苍穹。"

而庄子说："吾以天地为棺椁，以日月为连璧，星辰为珠玑，万物为赍送。吾葬具岂不备邪？"

但愿，当人们越来越习惯于人造灯光，习惯于都市的明亮时，不要忘了还有星空存在。

但愿，人们能忘记"杞人忧天"的古老谚语，而通过仰望星空培养敬畏感。

但愿，每个孩子都能有机会看到璀璨的星空！

在疫情中爱上一棵树

里尔克∖一棵树，长得超出了它自己。

亨利·大卫·梭罗∖我经常在最深的雪地里穿行八到十英里，只为看看山毛榉、黄桦树，还有松林间的老朋友。

"我要去拜访一棵树。"在网上小组中,我如是说。朋友在镜头里笑我:"拜访一棵树?你真逗!"

嗯,我没病,可是在疫情带来的拘役中,我难道不能来点小旅行吗?哪怕就是在小区或旁边的苗圃里溜达一圈。旅行,不就是去发现和感受不同嘛!

这样的小旅行还真让我有所发现,比如,我发现在周遭的环境中,最能带给我安慰和欣喜的是树。

有天下雨,我站在阳台上观望,发现对面楼前有一棵法国梧桐。也不知道它从哪儿获得了丰沛的生命力,宽大的树冠居然能为一整个单元遮阳。

一棵树能长得这么大?是不是还有另一棵树和它叠在一起,只是从我的角度看不见树干?

于是我决定雨停后去拜访它。

却发现原来真的只有一棵树。它的枝叶层层叠叠,向上伸展,向外伸展,一丛丛地堆叠成绿色的山峦,只是这绿色的小山还滴着水,反射着雨后的阳光,像青春般水灵和明媚。

我踩着积水走近它,走过它,回望它,再走回来冲它笑笑,感谢它把希望注入困居家中的我身上。

后来,我常常会在阳台上眺望它,在散步时绕道去拜访它,望着它一丛丛的山形枝叶,就会觉得舒服、喜悦、踏实,仿佛它就是疫情中我的守护神!等到秋叶落尽时,它又给了我另外一种惊喜:原来,它紫色的枝条是那么优雅,那么高贵,即便在寒冬都没有一点萧索之感!

听了《魏知超:心理学新知课》,我才知道这是大自然给我的礼物——那些能让人感到舒服、给人减压的树,其分形维数都在1.3 ~ 1.5之间。所谓的分形,就是把一个整体分成小一点的几个部分之后,每个部分看起来都像是整体缩小后的形状,把部分再继续往下分，更小的部分也还是跟整体很像。

有趣的是，这个发现不是来自植物学家，首先是来自一位数学家，之后一位喜欢跨界的物理学家理查德·泰勒，用分形研究了现代艺术作品，再后来他和瑞典环境心理学家卡罗琳·哈格尔合作，把一些分形图案给受试者看，发现那些分形维数在 1.3 ~ 1.5 的图案最让受试者喜欢。受试者看这些图案时，哪怕只看一分钟，大脑额叶部位就会产生 α 波，α 波是人处在放松舒适状态时产生的脑电波。

无怪乎我会在疫情中爱上一棵树，原来它让我的大脑里产生了α 波！

再仔细想想，相比较花草，我似乎更容易被树木打动。我很容易就能把旅行中看到的某些树，从记忆深处提取出来。我能清晰地记得年轻时在火车上看到的一棵树，在夕阳下的水田里它一闪而过，带着几分孤独和几分傲然，大概就是那时候我的内心写照吧。

爱尔兰的黑暗树篱

感谢旅行，让我邂逅了很多树，有时就那么一瞥，它们就移植到了我的心里，在我的精神土壤上扎根了，比如英格兰乡村那棵繁茂的大树，比如白崖边上被海风吹歪的树，比如爱尔兰岛上像隧道一般的黑暗树篱。而非洲稀树草原上的树，因为其环境的特殊性，更是深入我心，无法忘怀。

那年和朋友一起到肯尼亚看动物。以前，我只在插队时碰到过群狼，在藏北看到过成群的藏羚羊。而在东非大草原上，每天都能看到成群结队的野生动物，有时是十几只狮子组成的一个家族，有时是大小几十只非洲象，有时是上百只羚羊，有时是成千上万只斑马、角马。即便动物们在夕阳下安静地觅食，地平线上的景象都很壮观，更不要说它们奔跑起来的时候。

可是，东非大草原上另一种存在也吸引了我，那就是稀树草原上的树，那些孤独而安静的树。我这只"都市动物"仿佛被它们一次次地催眠了。稀树草原于我不再是一个地理学名词，而成了一个心理学名词；我完成的不仅是认知上的跨越，而且是物种间的感情联结。

那些树总是突兀地、孤独地出现。它们从不拖家带口，也不呼朋唤友，它们仿佛没有任何成林的渴望，就那么在裸露的大地上遗世独立，似乎只想做一个草原上的守望者。

守望，的确不需要扎堆，不需要众星捧月，不需要喧闹呼啸，那些都是分心之事。守望，需要的是高度，是宁静，是耐心，是恒久……

正是因为兀然独立，它们才拥有了这些守望者的特质，同时也得到了一份礼物，那就是彰显自己的独特性。

想象一下吧，要是在一大片森林里，你怎样去发现每一株树的独特与美丽？可是在稀树草原上，每一株树都是独自闯入你视野的，你几乎无法忽略它。它，或他，或她，也许挺拔，像执剑的独行武

马赛马拉黄昏之树

士；也许婀娜，像汲水而归的少女；也许宽广，像母亲慈爱的怀抱；也许沧桑，像步履蹒跚的老者。它们不是面目不清的群众，而是一个个独立的个体，所以你可以赋予它们性别、年龄、身份、角色，可以在想象中和它们对话或游戏。

因为独立，你甚至会注意到那条和它连在一起的黑色的影子，你也会注意到它身上的残缺、损伤和不完美。但残缺、损伤和不完美，不也是独特的标记物吗？

独立与独特，难怪会有一个字相同。中国有个特别的词叫"失独"，是指那些失去独生子女的父母。但是，是不是还有另外一种"失独"、另外一些"失独"者？这些"失独者"总是隐于群中，总是跟在人后，他们害怕走在前面会暴露自己的残缺、损伤与不完美；他们害怕自己发出的声音与别人不是一个调子；他们害怕自己的想法和别人不一致；他们害怕"木秀于林风必摧之"。他们更愿意做伏于地上的草，那不需要太多的能量，不需要在风雨中挣扎，不会被雷劈，不会被闪电击中，他们愿意用独立思考的能力和作为人的独立意志，来换取安全和平静。

好在总有一些人不愿做这样的"失独者"，他们要做稀树草原上的树。因为他们的存在，人间才有趣味，有张力，有热度，有激情，有喜悦也有愤怒，有哭泣也有欢笑。他们像稀树草原的树一样，为人间提供一种人格高度和生命存在的丰度。

一只豹子爬到树上，留下了美丽的剪影。

我乘着热气球升空，在晨曦里俯瞰草原。我发现稀树草原上的树并不全然孤独。在大草原上，走兽们忙着觅食、求偶、迁徙，在它们的视野达不到的高处，稀树草原上的树，也在与自己的同类彼此相望，让风儿、鸟儿为它们传递关怀与爱意。

在广阔的草原上，它们是不带数字的里程碑，是没有指针的风向标，是天然的地标性建筑，是动物行踪的结点，是鸟儿们的家，是狮子的凉棚，是豹子的安全岛，是夕阳中美丽的剪影……

它以自己的存在，为众多的"它们"提供信息，提供庇护，提供联结，提供归属，它还为这片野性的大地提供美，提供善。

它独立于它们，又在它们中间；它有别于它们，又是它们中的一员。

或许这正是稀树草原上树的生存之道，是它战胜生命脆弱和短暂的办法：努力活出独特的自己，却又与这个世界息息相关，血脉相连。

特别有意思的是，当我在疫情中听《魏知超：心理学新知课》时，听到了这样一个故事：在一项用致幻剂治疗临终恐惧的实验中，一位临终者在迷幻体验里来到一片美丽的森林，她的周围都是树根。她说："我看到树在成长，我也是树根的一部分。我已经死了，但我在那里，与所有这些根在一起，它们没有感到悲伤或快乐，它们感受到的只有自然、满足与和平。我没走，我是地球的一部分。"

树木与森林，真是一个特别好的生死隐喻。树木有其生命的限度，森林又让死去的树木有了新的意义。美国作家戴维·乔治·哈斯凯尔在《树木之歌》中说："当树木腐烂时，死去的原木、树枝和树根成了成千上万种关系的焦点。森林里，至少有一半的其他物种，在树木横陈的尸体上或枯木内，寻找食物和家园。"[1]

我很庆幸自己对树的喜爱，这种喜爱让我在疫情中找到了自己的守护神。我觉得生命里有了树，就有了根，就有了希望。树根扎在大地上，希望在树上的鸟巢里，鸟儿们飞向天空，我就活在了天地之间。

---

1 《树木之歌》[美]戴维·乔治·哈斯凯尔 著，朱诗逸 译，商务印书馆，2020 年。

哪一片海可以疗愈我的忧伤？

亨利·贝斯顿＼繁星闪烁的夜里，有时候我们会审视自己，审视世界—死亡的朝圣者，穿越时空的永恒海洋。

西蒙·沙马＼由于人类必有一死，因此渴望在自然中寻求慰藉。

将妈妈的骨灰与爸爸的骨灰葬在一起后，我决定独自飞往海南。朋友在那里有一间房子，据说离海边只有一公里多。

先生想陪我去，我说不需要，我就想一个人静静地待着。

不，我不是想一个人待着，我想和蔚蓝待在一起，和广阔待在一起，和永恒待在一起，它们三位一体就叫作"海洋"。

我期待得到大海的抱慰，也想把自己复杂的感情交付给海浪的喧哗与骚动。在想象中，大海的力与美，是治疗丧失的心灵药物。

在那段几乎不用说话的日子里，大海是我唯一想与之交谈的对象。每天下午与傍晚，我都会到海边徜徉。

但是，有点失望，那片海在海湾的包围之中，因此波涛与潮水已被削去了锋芒，除了有晚霞的日子，海天的色彩也略显平庸。不仅是形态和色彩，就连声音也让我失望。我原本希望听到潮水的多重奏，听到浪花拍打岩石的交响曲，我盼着让海之声充盈我的耳鼓，将我心中的忧伤席卷而去。

唉，于我而言，那片海洋达不到我所需要的精神力度啊！

我渴望面对的大海，是壮阔的、野性的、变幻无常的，是能让我立刻感觉到自己的渺小、孤独和脆弱的。

这不是有点奇怪？在妈妈去世之后，我需要的难道不是风和日丽，不是鸟语花香，不是感到岁月如常，甚至是岁月静好吗？

其实早有人看破人类这一心理需求。英国思想家埃德蒙·伯克在一篇题为《关于壮阔和美丽理念之源的哲学探究》的文中说："景致之壮阔和脆弱的感觉有关。很多景致是美丽的，例如：春天的草原、柔美的山谷、橡树和河畔小花（尤其是雏菊），不过这些景致并不壮阔。一种景致只有让人感受到力量，一种大过人类，甚至威胁到人类的力量，才能称之为壮阔。"[1]

1　转引自《旅行的艺术》[英] 阿兰·德波顿 著，南治国 等 译，上海译文出版社，2009 年。

如果说，将来会有一门自然文化心理学的话，伯克肯定是最早的播种者。

妈妈去世后，我和弟弟妹妹正式成为"成年孤儿"——我们前面不再有上一辈人。虽然我们早已不再年轻，也都有各自丰富而坚实的生活，甚至对于妈妈的离世也有充分的思想准备，但是我仍然感觉到一些莫名的忧伤。或许，它来自我自己的死亡焦虑——连年轻记者在采访时都毫不拐弯地问我："妈妈走后，你将如何对待自己的归途？"

正是这份莫名的忧伤，让我想独自兀立海边。但我渴望的不是找到一片可以悠然散步的 Beach（海滩），而是看到一片能镇住我的 Ocean View（海景）。

大西洋边上的石拱门

Beach 属于人类，是人类的领地，是人类寻求娱乐和放松的地方，遮阳伞、比基尼、沙滩椅和儿童沙滩玩具，是它的符号。而 Ocean View 才能提供一种大过人类、让人恐惧和敬畏的力量。阿兰·德波顿说，西方人为壮阔景象所吸引，正好发生在传统的上帝信仰式微之时。他认为这不是偶然的，因为"这些景观仿佛使游人体验到一股超然之感，而这种体验是他们在城市和已开发的乡间无法获得的"[2]。

所以，脆弱之时去寻找大自然中的壮阔景象，也是可以理解的吧。让自己的脆弱与大自然的壮阔相撞，让自己的渺小和大自然的浩瀚对冲，或许能产生一种反作用力：因渺小而臣服，因敬畏而谦卑，因脆弱而坚强，从而产生一种新的平静，能够战胜脆弱的平静；一种新的永恒感，能够超越丧失的永恒感。

虽然海南那片海湾中的海，没有给我期待中的力量和慰藉，好在旅行还是让我把一些壮阔的 Ocean View 存在了心灵图片夹中，可以随时"调用"。

那个傍晚，在爱尔兰岛的奥赫里斯角，我在悬崖边上看到了一所房子，房子的主人大概是养牛的，大门口柱子上有两只陶土做的奶牛，样子又憨又萌，下面的牌子上写着"Ocean View"，我猜他们也提供住宿。

绕过这栋房子，便是被大西洋波涛包围的偏僻海角。时间已近傍晚，云层中的阳光也有些疲惫了，但我还是经不住诱惑，决定开始一个人的海角小徒步。

悬崖上不足一尺的小道，像神秘人留下的线团，穿过茂盛的草丛，引领我向前。视野范围之内，只有灰色的天空、翻着白色浪花的灰色大海和绿色的草场，偶尔有一些海鸟飞过。我走走停停，看阳光

---

2 《旅行的艺术》[英]阿兰·德波顿 著，南治国 等 译，上海译文出版社，2009 年。

钻出云缝，把一束束忧伤的光洒向黄昏的草场；看海浪冲向悬崖下的礁石，就像情人张开的热烈怀抱。我独自沉醉在大自然的律动中，忘记了与朋友们约定的晚饭时间。

终于走到了海角的头上，果然还是悬崖。悬崖底下，是咆哮着的大西洋；悬崖上面，没有象征人类文明的灯塔，只有一片望不到边的草地。我站在悬崖和草地之间，像一棵渺小的人形树。风从海上吹来，经过我，在绿色的草地上制造骚乱和欢快，我与它们秘密相会在这陌生之地。

突然意识到，好像在我们中国的海岸线上，更多的是平缓的沙滩，少见陡峭的悬崖。

这有什么不同吗？

还是有的吧。在沙滩上，你可以把脚浸泡在海水中，与海洋温柔地联结在一起，海洋是你的友伴，甚至是你的玩物。但在悬崖之上，你必须克服一种跳下去回归人类起源之处的冲动，你感受到的是一种超越你又诱惑你的力量。悬崖上强劲的风和悬崖下的拍岸激浪，在触觉、听觉上都更有力度，当它充盈你的感官时，可能让你感到害怕，但也能同时让你更强烈地体验到当下的存在——有时候，脆弱的感觉比强大的感觉更接近真实的你。

在悬崖上临海，视觉上的立体维被拉开了，高崖之上望天涯，天涯似更遥不可及却又更激发人的想象力。随之而来的是另一个疑问：我们中国有漫长的海岸线，但少有以海洋为主题或背景的文学作品，至少在我的头脑中，没有那种海上冒险的故事。是的，我们有郑和下西洋，而且比"哥伦布、麦哲伦们"还早，但除了"海上生明月"的平和美丽意象，为什么没有留下让人心动不已的海洋故事呢？

海洋，广阔无边、充满动力的海洋，似乎没有进入我们中国人的精神结构。也许，作为"面朝黄土背朝天"的民族，我们在内心深处对海洋是陌生的、恐惧的、拒斥的？

爱尔兰的莫赫悬崖

　　"面朝大海，春暖花开"，海子写下了这充满青春感、希望感的诗句，然后，死去。他是否见到过狂暴的海洋？他是否在悬崖上感受过风从海上来？他葬在哪里？有没有人曾经想过把他葬在大海边？

　　法国诗人夏多布里昂，1822 年开始写作《墓中回忆录》，1824年选定格朗贝岛为自己的墓地，那是一座涨潮就会与陆地分开的荒岛。夏多布里昂说"海浪、风暴、孤独是我最早的导师"，而死后他只想"看着海鸥等各种海鸟飞翔，凝望远处的蓝天，掇拾贝壳，听海浪在礁石间轰鸣"。

　　我还没有机会去拜谒夏多布里昂的墓，但是爱尔兰岛马林角一座面向大西洋的孤坟曾经惊到了我。我不知道墓主活着的时候是怎样的一个人，是享尽了人间繁华而回归宁静，还是一辈子都讨厌喧哗与骚动，始终特立独行，连遗体都要远离红尘。但他死后，能永远享受大海上月升日落的绚烂，沉醉于波涛永无止息的乐章，只听海鸥和海风捎来的消息，他的灵魂该是多么的欢畅和自由！

面对大西洋的孤魂，摄于爱尔兰岛马林角

望着大西洋边上的孤坟，我无法挪开脚步，一个人沉醉其间，忘了和朋友约定的时间。坐在乱石堆上，我呆呆地望着十字架和它背后波涛翻滚的大西洋、一望无际的灰色云天，内心真是"悲欣交集"。

让我深深沉醉的，并非仅仅一片海，而是一片壮阔的海、野性的海。在这片大海边上，这座孤坟才既显得孤单与脆弱，也显得高傲与坚强。

也许，对于一些人来说，疗愈悲伤的不是温柔的抱慰，而是去敞开，去带着忧伤与那些"大过自己"的东西相遇，与壮阔的事物相遇，与更具永恒感的大自然相遇，在这种相遇中因体验到生命的渺小和脆弱，而更想好好地活、充分地活、不负此生地活吧。

在台湾，我第一次走进安宁病房

许礼安＼最恐怖的是看不见、听不到、又不能谈论的死亡！

索甲仁波切＼安详地去世，确实是一项重要的人权。

西西里·桑德斯＼我们必须关心生命的质量，一如我们关心生命的长度。

2014 年年初，我决定开始用自由行的方式探索更广大的世界。台湾是我选择的第一站，因为没有语言上的障碍。在这趟旅程中，我还想实现一个愿望，就是去台湾的安宁病房看看。

我大概是中国内地最早知道世界上有安宁缓和医疗（Palliative Care）这回事的人：跨世纪的时候，我们心理辅导博士班的导师林孟平，为学员安排了一次香港访学，请香港一位安宁医院院长给我们讲解了安宁缓和医疗。现在十多年过去了，我在北师大开设了"影像中的生死学"课程，也把安宁缓和医疗作为了一个单元，但是我还没有机会真正进入安宁病房。

当然，安宁病房不是随便可以进的，作为人生命最后的栖息之地，需要守护人的尊严与安宁。后来，在世界各地旅行时，我都不经意地发现过 hospice（临终安养院），我也很想到里面一探究竟，但都被礼貌地谢绝了。当然在写作此文的现在，安宁病房对我已经不再神秘，因为我已经是一个安宁疗护的志愿者，已经走到了临终者的身边。

带领我迈过这道门槛的是台湾心理学者余德慧先生。我很早就有缘读过他的《生死学十四讲》，也知道他在台湾开设生死学课程，还知道他每周都会到慈济医院的安宁病房，以志愿者的身份和安宁团队一起工作。我很希望能拜见这位生死学者，但是当我走进他在花莲的家时，迎面而来的却是他的大幅遗像！余先生从他大大的眼镜框中凝视着我，眼神里有几分严肃，似乎也有几分好奇，好像在问："为什么你想参观安宁病房？"

余先生生命中最后的日子，也是在慈济医院的安宁病房度过的。因为慈济医院有佛教背景，所以那里的安宁病房叫作心莲病房。我猜对于他的夫人顾瑜君教授来说，心莲病房是一个让她既感激又伤怀的地方，所以余先生去世后她很少再去那里。可是这一次，当她听说大陆有个朋友想参观心莲病房时，就专门提前跑去，帮助我把参观安排妥当。

进到慈济医院是下午两点,离开的时候竟然已经是晚上六点多了,可我还是舍不得走。不知道是什么力量,居然让我愿在死神徘徊的地方流连。

来之前一直想象:这个专为癌症末期患者(现在也收其他疾病末期患者)设立的病房,会是一种怎样的氛围?即使不是沉重的、压抑的,也会是庄重的、肃穆的吧?所以,我一个劲儿地在邮件中问"请告诉我们哪些事可以做,哪些事不能做",生怕自己行为不当影响到临终者和他们的亲人,破坏了那种氛围。

就这么忐忑不安地走到了心莲病房——虽说"心莲"是个意象美好的名字,但人们应该都知道,这里提供的是临终照护,死神随时等候在门边吧。

台湾花莲慈济医院心莲病房入口

门边等候的不是死神,而是一幅大大的"预立医疗自主计划"宣传画,上面赫然写着:"对于生死,要听!要说!要看!"

喔，这和我们一般人的习惯太不相同了，我们总是避讳去谈论死亡，不管那是谁的死亡。我们已经习惯了把死亡放到意识之外，好像它与我们不相干，直到它突然显形，搞得我们惊慌失措，心力交瘁，甚至留下许多愧疚和遗憾。

心莲病房的走廊宽大又明亮，墙壁上挂着很多图画，专门的会客区里摆着舒适的沙发，不像医院，倒像疗养院。护理师胡熏丹笑着迎上来握住我的手。跟着她和护士长张智英，我们走进心莲病房。按照要求，我们不能打搅病人和家属，只能和医护人员做交流。

人们想到死亡，通常就会觉得恐怖和悲伤，笑声似乎不属于死亡。所以，当我在心莲病房中听到笑声，而且是孩子的笑声时，真的吓了一大跳。

那是三个孩子，妈妈带着他们来看望住在这里的亲人。他们从病房里出来后，显然并没有感到恐惧，而是说说笑笑地到了走廊上，随即走进一间专为家属准备的和式房间，关上门，他们可以在那里不受打搅地说话、游戏。

为什么大人要带孩子来这临终照护病房？难道不怕吓着孩子吗？很多时候，出于保护的动机，人们努力将孩子与死亡隔绝，不让他们来送别临终的亲人。但是，这样真的好吗？

在心理辅导与教学中，我曾看到隔绝带来的影响：2003年SARS结束，我带领青春热线团队为某个中学进行哀伤辅导，他们的班主任老师被SARS夺去生命。过程中有个女孩哭得特别悲伤。原来，老师的去世激起了她的"未完成事件"——外公去世前，妈妈不允许她到医院探望，从小被外公带大的她没能与外公告别，她为此感到内疚和伤心，觉得自己对不起外公。

在我的课堂作业中，也不止一个大学生告诉我这样的经历：家长为了不影响自己的学业，不让自己害怕，使得他们未能与自己的亲人告别，这在他们心里留下了深深的遗憾和悲伤。

心莲病房中孩子的笑声，似乎在告诉我们还有另一种选择：如果接纳死亡是生命本身所具有的，如果理解死亡也可以是爱的见证和延续，那么，抓住那段最宝贵的时间，亲人间互相道谢、互相道歉、互相道爱、互相道别，或许能给逝者和生者带来最大的安慰。

我想象，在心莲病房，每天和即将往生的人打交道，应该需要特别强的心理承受力。"你是怎么来这里工作的？"我问护理师胡薰丹。

我以为她会给我一个与宗教有关的回答，毕竟这所医院属于佛教，但是她却说："我觉得在这里能给我快乐！"

薰丹告诉我，她和护士长张智英原来住在一起。每天下班，她看到在心莲病房工作的张智英总是很快乐，还常常和她分享自己工作和学习的心得，对比之下，她觉得自己每天打针发药，越变越像一个"护理匠"了。所以，她决定也到心莲来工作。她说在这里，自己是和完整的"人"打交道，而不再是仅仅和人的躯体、症状打交道，因此更能感觉到护理工作的意义。

余德慧教授生前在心莲病房志愿服务时，每周会和医生、护士、社工、志工们一起讨论个案，看看每个病人生理、心理、社会和灵性的需要是什么，怎样去回应这些需要。这样的个案讨论至今还在延续着。一线服务，让余德慧和心莲病房的工作人员，对临终时人的身心灵需要有了丰富的认识。

让我们从细节去看吧，看看心莲病房是怎样照顾患者和家属在不同阶段的不同需要的：

在被余德慧教授称为"知病存有"的阶段，医护人员仍会给予患者积极治疗，甚至允许他们在与医生讨论后尝试另类疗法。心莲病房的王英伟主任说，你别以为住进心莲病房的人都出不去，其实大多数病人出院了，这里的治疗为他们赢得了时间，可以回到家中，在亲人身边离世。

心莲提供的，不仅仅是药物和其他减轻痛苦的方法，还有可以舒缓病人痛苦的一切：病房外面有属于心莲的花园，宽大的走道可以把病床直接推到花园中，让病人享受阳光、绿叶和清风，我相信那对病人是极大的享受和安慰。据说法国哲学家卢梭的最后一句话就是："把窗推上去，那样我或许还能再看一眼美丽的大自然。"

心莲病房外宽大的走道，病床可以直接被推去室外花园。

即便是已经时日无多，只要还有一点儿精力，人们都需要来打发无聊的时光。心莲病房准备了可以移动的电子设备，如果病人想看点、听点什么，他们就会将设备推到床头。

在宽敞舒适的休息室和餐厅，病人可以和亲人聊天、用餐，享受最后的亲情；病房外面的佛堂，让有需要的人随时可以进去；甚至在没有移动电话的年代，有专为家属设的电话间，他们通话时即使泪流满面，痛哭失声，也不会受到任何打扰；在这里服务的志工，会和家属一起陪伴病人，还有专业的社工，协助病人和家属处理那些在生死关头的复杂情绪和问题，尽量不留下遗憾……

心莲病房走廊上的图画，是患者自己画的，表现了他们对生死的看法。其中有幅画上什么都没有，标题却是《牛吃草》——病人说，草被牛吃光了，牛也走开了，所以什么都没有了。病人对于生命这样的理解，在心莲就这样被珍惜着。

从"知病存有"阶段到了"死觉存有"的阶段，患者会从外界转向内在，照护者也需要从"在世陪伴"模式转入"存有相随"模式，放下自己的哀伤，不再用那些含有社会价值的语言，比如"你一定要活下去，我们都需要你"，而是使用具有抚慰性质的肢体语言去和患者对话，创造出一种亲密柔软和类似宗教的慈悲，让即将往生的人感受到被爱和同在。这样的临终知识和陪伴智慧，让我后来参与安宁服务时少走了很多弯路。

心莲病房有一间"往生室"，这个特别的房间中，有十字架，也有菩萨像，可以根据患者的需要，进行设置，让生命到了最后阶段的人能够得到慰藉与支持……

往生室中的布置

在此之前，我已经读过很多生死学的书籍，也对缓和医疗（Palliative Care）和安宁疗护（Hospice Care）有所了解，但是在心莲病房的这个下午，才让我比较直观地认识到，一个文明的社会，不仅要全力救治那些还有生存希望的人，而且在人的生命的尽头，也要提供善终服务：用柔适照护代替有创抢救，用人文关爱来满足患者和家属的心理需要、灵性需要，让患者能够安宁地、有尊严地离开这个世界，让死亡和出生一样，得到祝福。

第二年，英国《经济学人》杂志智库（EIU）发布了第二次全球死亡质量指数报告，将涵盖的国家和地区从 40 个增加到 80 个。对于我来说，中国台湾排在亚洲第一、世界第六的位置一点儿都不奇怪，而中国大陆排在第 71 位，足以看到我们的巨大差距和努力的空间。

欣慰的是，这几年来，随着"安宁"的理念传播得越来越广，很多医疗和养老机构都开始了安宁缓和医疗的实践，过去人们希望的"好死"——寿终正寝，且没有痛苦，也渐渐被内涵更丰富的"善终""优逝"所代替。在安宁病房，我看到不仅医护人员在努力帮助临终者减轻身体的痛苦，团队里的心理师、社工和志愿者，也在协助他们完成一些心愿，与家人好好地告别，尽量不留遗憾。人们已经意识到，好的死亡，不仅关乎死亡之前的生命质量、死亡过程的平静安顺，也关乎死后给亲人、给世界留下的是什么。

然而"好死"并非仅仅依赖于社会能提供怎样的安宁服务，也有赖于个人如何面对死亡，如何为死亡做准备。

现代社会的复杂性，正让没有准备的死亡带来更多的痛苦、更多的遗憾、更多的社会问题：

当一位高龄老人突然患病且已经失去意识，要不要为他做切开气管、心脏按压等有创抢救？

如果是你自己生命无多，你希望被绑在 ICU 里接受各种治疗，虽然可能多活了一些日子，但是受尽折磨，最后在没有亲人陪伴的情况下孤独地死去吗？

亲人去世时，穿什么样的"寿衣"、举行什么样的仪式，才符合其生前的身份和气质，不会在遗体告别时才尴尬地发现，身为科学家的父亲盖着的是与其格格不入的绣着龙的黄色被单？

如果你视财产为"身外之物"，没有留下遗嘱就撒手而去，结果你的后辈却要为官司所苦，这是你希望的吗？

"死亡永远比预期来得早"，这是我最初学习生死学时印象很深的一句话，现在我已经在太多人身上印证过它了，不要说年纪尚轻的逝者，哪怕是已经活到 90 多岁高龄的老人，由于回避死亡话题，最终也没有时间为自己的死亡做好准备。

要想好死，要想优逝，要想善终，就得有所准备。如何准备？不妨从三份文件开始，我们就将其称为"生死三约"吧！

第一份文件：生前预嘱。这份文件与财产无关，与您在生命最后阶段愿意接受什么样的医疗服务有关，它保证您在无法表达自己的愿望时，不会被爱或其他的东西绑架，不必接受那些您不想要的"抢救"或治疗，让您走得更有尊严。预嘱，预者，未雨绸缪也！等到你神志不清、意识丧失之时，你再想表达就来不及啦！

这份文件之所以重要，是因为现代医疗技术实在太厉害了，它不仅能延长人的生命，也能大大地延长人的死亡过程。我看到过在ICU 里住了三年的病人，被绑在床上，身上插满管子，靠药物维持着生命。如果他能拔掉管子，恢复意识，恢复说话的能力，我猜他一定会说："让我死去吧，别再让我受罪了，也别再浪费金钱和医疗资源了！"

作为北京生前预嘱推广协会的理事，我曾多次带着我自己的生前预嘱文件《我的五个愿望》（可在北京生前预嘱推广协会网站和公众号上填写、下载）去宣讲。这份文件不违反任何中国现行法律，说出这些愿望是您的神圣权利，也让别人能够更有效地帮助您。

第二份文件：生前遗嘱。遗嘱这个词，人们并不陌生，但是对它的意义和重要性，却不一定认识得清楚。

不同内容的遗嘱有不同的功能，比如关于遗产处理的遗嘱，在当今特别重要，因为中国改革开放以来，人们有了越来越多的个人财产，而现行法律又使得遗产继承非常复杂。如果有经过公证的、符合法律要件规定的自书遗嘱，就可能让您关于财产的遗愿能更好地达成，也减少遗产纠纷和法律诉讼。

"交代后事"也是遗嘱的一大功能，亲人了解了您对丧葬的偏好和想法，才能在您去世后帮您按照自己的心愿走完最后一程。我父亲就在遗嘱中交代了，他希望将自己的一半骨灰送回家乡，安葬在自己母亲的墓旁。后来看了他的日记，才知道他在国外工作时，我的爷爷奶奶死于大饥荒，因为爷爷尸骨无存，他只能用葬在奶奶墓旁、永远陪伴的方式，来表达他的伤痛、他的内疚、他的感恩与他的爱。

除了财产、后事这些事务外，很多人也会在遗嘱中总结自己的一生，对照顾自己的人表示感谢，对亲人最后一次表达自己的爱，给后代留下嘱托与祝福。这些言语或文字，是一道桥梁，让生命与生命之间进行文化与精神的传承，同时给亲人带来巨大的情感安慰，并成为激励后辈的精神财富。

从当事人的角度看，写遗嘱也是逼迫自己向死而生。因为是遗嘱，你落笔的时候，无法不想到自己的死亡，不想到那个没有你的世界，你内心深处的感情会被触动，你会发现自己的恐惧、担忧、渴望与欣慰，你会不由自主地回顾自己的人生，会对当下的人生、未来可能的人生产生省察和思考，你会对生命中的事情重新排序，会厘清自己的生活目标，让它驱动那些可能还属于你的日子。在平常忙忙碌碌的日常生活中，你很难静下心来去思考这些重要而不紧急的问题，而写遗嘱给你创造了机会。从这个意义上说，遗嘱也是一个成长的工具啊。

遗嘱应该什么时候写？这个问题很难回答。在西方，一些身份比较重要或特别的人，会在很年轻的时候就写好遗嘱。比如英国王妃戴安娜，就在 32 岁时立了遗嘱。36 岁时她遭遇车祸突然亡故，那时她的两个儿子还小。据说后来两位王子结婚时，王妃戴的首饰都是戴安娜留下的，因为她在遗嘱中明确说明了自己的首饰一分为二，送给两位王子未来的妻子。

我是 51 岁写的遗嘱。那年我的大学好友得癌症去世了。后来因为电脑硬盘崩溃，这份遗嘱消失了。2010 年初，在经历了一次手术，医生给了我一个表达暧昧的诊断后，我决定再写一次遗嘱。之后这些年，每到过生日，我都会把遗嘱改一遍，每次都是一番自我审视，一场自我对话，一次关于我是谁、我往哪里去的思考。写遗嘱让我深切地感受到为什么奥古斯都说"唯有面对死亡之时，一个人的自我才真正诞生"。

第三份文件：生前契约。生前契约就是一份关于怎么处理"后事"的约定和合同，是和专门的商业机构签订的。

生前契约还是一件新鲜事，因为以前一个人去世后，即使没有亲人，也有家族或组织代为办理后事。可是随着市场化、都市化、全球化，儿孙们的脚步越走越远，奔丧的路有时候真是千里万里，碰上疫情还不一定能赶回来。另一个趋势是，在中国，除非你是重要的政治人物，现在"组织上"也不再过多参与丧事。何况，"殡"与"葬"涉及诸多具体事宜，既有规格之分，还有审美之别，到底该怎么办，到底由谁说了算？

正是这些不确定性，让一些老人家决定"我的丧事我做主"，把后事托付给相关的服务机构，比如选什么样的寿衣和骨灰盒、是否进行遗体告别、举办什么样的悼念仪式、仪式上播放什么音乐、挂什么样的照片、在哪里以怎样的形式安葬、是否要捐献遗体和器官、墓碑上要写什么等等，全都"打包"到合同中，委托机构在自己去世后办理。这就是所谓的生前契约。

好了，如果你想善终，就先准备好这三份文件吧。从事生死学研究与教育的何仁富教授说："在死亡准备的路上，生前预嘱、生前遗嘱、生前契约，这三'约'都极为重要，分别解决死前的医护问题、死后的财产问题、死后的安葬问题。这样，人就可以死得放心了。以死观生，向死而生。死得放心，才可以活得豁达愉悦！"

哈，死得放心，活得豁达愉悦，到了一定年龄后，是不是可以把它当成人生新追求呢？

心莲病房门口所见

寻根寻到盐湖城

《一片叶子落下来》往下掉的时候，他第一次看到了整棵树，多么强壮、多么牢靠的树啊！他很确定这棵树还会活很久，他也知道自己曾经是它生命的一部分，感到很骄傲。

心心念念想去美国的盐湖城。这座城市并没有特别壮丽的风景，它最吸引人的景点，就是城市中心的摩门圣殿。19世纪中叶，一批摩门教徒来到这个不毛之地拓荒，并用40年时间建起了自己的大教堂。至今，这里约半数的居民是摩门教徒。

但我想到盐湖城，并非为了去摩门圣殿打卡，而是为了寻根，寻我的根。

我的根难道不是在中国吗？怎么要到大洋彼岸去寻？

这里面的故事真是曲折，得先从我的名字说起。在带领生死教育工作坊时，我常常会邀请学员先分享一下自己名字的故事，因为名字是"我"在这个世界上最重要的符号。名字的奇妙之处在于，它既能将"我"与其他人区分开，同时又将"我"与更大的存在联系在一起，比如你的家族，比如一段也许你不知晓的历史，比如一种你熟悉或不熟悉的文化。

我的名字就是这样。我，陆晓娅，作为孩子中的老大，没有顺应中国文化传统随父姓，而居然随了妈妈的姓。因为和弟弟妹妹不是一个姓，我不止一次遇到麻烦，不过我一直很喜欢这个姓，因为姓陆的比姓王的少，物以稀为贵嘛。后来我才知道，这个随妈姓，也并非偶然。在中华人民共和国第一部《婚姻法》颁布后，妇女们似乎特别扬眉吐气。我出生时，我妈正在《新华日报》工作，她和另外两个快生孩子的女同志约定，生下的孩子都随妈妈姓。难得的是，父亲们居然都同意了，也不知道是否有过思想斗争，特别是生了男孩的。她们仨还约定，三个孩子的名字中间都加一个"小"字。那时候这个有点嗲的"小"字似乎挺时髦的。后来我的同学中，就有一大堆"小"，光是小学同班就有两个"小刚"，三个"小平"。至于"小"后来变成了"晓"，也是我们"老大不小"以后不约而同自己改的吧。我名字中的第三个字"娅"，则取苏联卫国战争中牺牲的女英雄卓娅，那时《卓娅与舒拉的故事》在中国出版不久，爸妈大概希望我像卓娅一样勇敢。

也许因为随了母姓，也许因为小时候在外婆家生活了几年，我年轻时对这个繁衍生息在江南鱼米之乡的陆氏家族，似乎在情感上更接近些；而对父亲家族的认识和认同，是在父亲故去，将他的一半骨灰葬在奶奶墓旁时才开始的。

妈妈跟我说过，她的家是有家谱的，她小时候看到过，"有好几本，上面还有人的画像呢"。

我对这个家谱很好奇，可是妈妈说没了，找不到了。陆氏家族没了的不仅是家谱，还有很多东西，比如那块翁同龢题写的大匾"怀橘堂"。"怀橘"，来自陆氏先祖陆绩"怀橘遗亲"的故事，入了"二十四孝"的。

待"文革"结束，早岁参军后集体转业到北大荒垦荒的舅舅，终于回到了江南老家。他觉得自己作为长子，有责任寻根问祖，接续宗谱。他年幼时，曾亲见自己的父亲（我的外祖父）抄录陆氏家谱。但是，在发还的"文革"被抄物资中，他没有找到这本家谱。

舅舅不相信家谱就这样消失了，他开始与其他地方的陆氏后裔联系，根据他们提供的线索四处写信，甚至专程前去拜访和查找。经历了一次次的失望，希望却终于出现了：2001 年 9 月，天津南开大学历史系冯尔康教授来信告诉舅舅：美国犹他州盐湖城美国国家家谱学会图书馆藏有《毕泽迁白茆陆氏世谱》，还提供了馆藏号和微缩胶卷号。

年逾古稀的舅舅又喜又愁，自己不懂英文，如何让这份家谱"回家"？他决定求助于美国驻华大使馆。一个月后，他就收到了美国驻华大使馆文化处的来信，告知已经通过专家找到了陆氏一族的一些材料，请他根据信中提供的地址、电话、传真、电子邮件等联系核对。大舅打起精神，马上向美国国家家谱图书馆发出了信函。

2002 年元月，回信来了。在那里工作的李涂崇兴女士说，在中国国家图书馆北京分馆、上海市图书馆以及香港（美国）犹他家谱学会三处，都可以借阅，或通过他们向美国家谱学会借阅，同时还提供了一条重要消息：陆熊祥 1931 年抄录的《陆氏世谱摘录》现存中国社科院历史所图书馆。

"陆熊祥"正是我外祖父的名字！舅舅相信，这份家谱应该就是自己小时候看到过的了。但是，北京、上海都没能找到，倒是山西社科院复信中的几页复印件，让舅舅高兴得跳了起来，那上面正是他父亲，也就是我外祖父的手迹，还有他曾祖、祖父、父辈和包括我妈妈在内的三个姐姐的名字。

2002 年的春天，四大本家谱的复印件从美国寄到了舅舅家。从 20 世纪 80 年代开始的找寻，终于让我们的家谱叶落归根了。至于我们的家谱何以会漂洋过海到了美国盐湖城，至今还是一个谜。

2003 年，舅舅根据找回的家谱，再加上接续的后十六世，完成了家谱的重修，共计七十六代（中间有五到六世的断代），加起来时间长达两千多年！

有趣的是，我因为随了妈妈的姓，在舅舅整理的家谱上，作为女性居然也占有了一席之地。家谱上不仅有我的名字，还有我的小传！

虽然舅舅给我们每家都寄了他重修的家谱，但我还是很想看到那本外祖父亲手抄录的家谱。我从小在外祖父家生活过，我对他那笔小楷印象非常深刻。我一直觉得特别奇怪，明明是外祖父一个字、一个字手写的，怎么就整齐得像是印出来的呢？而且，他的字又端庄又有力道，有一种难以言表的风骨在里面。曾有书法家这样评论我外祖父的小楷：通篇布局葱茂，行距大字距小，如顶针串珠，行气十足。用笔沉着痛快，笔力厚重，结字端凝，气势恢宏。

几年前，我到美国探望女儿，终于有机会到了盐湖城。在那座游客云集的大教堂旁边，就是我的寻根之处，叫作 Family History

Library（国家家谱学会图书馆），这个静悄悄的地方藏着世界各地的数百万卷家谱。

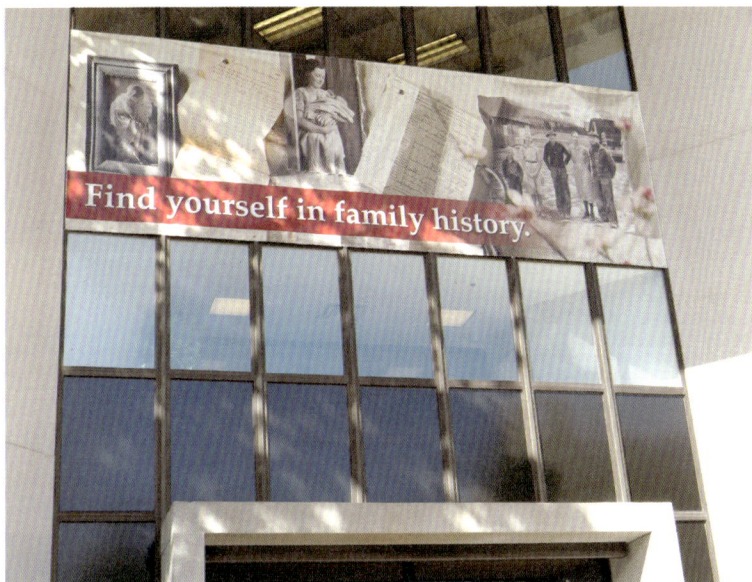

美国盐湖城国家家谱学会图书馆

我能在里面找到我的家谱——那本由外祖父亲手抄录的家谱吗？

我们急切地找到工作人员说明了来意。那位和蔼的女士告诉我们，为了保护好原件，所有的纸质家谱现在都保存在恒温恒湿的花岗岩山洞里，但是我们可以通过网络查询和阅览已经电子化了的文本。

她把我们带到了一间阅览室，一排排电脑前坐着不少人。我扫了一眼这些在电脑前聚精会神的人们，从肤色和相貌上看，他们似乎来自世界不同的角落，大概也和我们一样，是带着渴望来寻根的。

在家谱图书馆工作人员的帮助下，我们在 Familysearch.org 网站经过"中国""江苏""常熟"三级跳，很快在网上查到了常熟陆氏世谱，一共有三个版本，前两个都是二十四卷五册，都有 2000 多页，第三个版本是摘要，506页。哪个是外祖父抄写的呢？女儿打开第一个版本，翻了很多页后还是木刻的，我想那大概是更为久远的版本。我决定从第三个版本开始看。打开后，前面是历代祖先画像，我已经在舅舅重修的家谱上看到过。第一幅画像"季达公"，算是陆氏的第一世祖先。家谱说他是齐宣王少子，受封于齐之般乐县平原陆乡，因姓陆氏。活了50岁的齐宣王，生活在约公元前350年到公元前301年，他将"少子"田通封于陆乡是公元前339年，掐指一算，距今有2300多年了。

2300年，想想都觉得无比漫长！正是在漫长的岁月中，陆氏或主动迁徙，或被动流离，在不同的地方繁衍生息，开枝散叶，有了越来越多的支系，我们常熟虞山的陆氏只是其中的一支。舅舅顽强地寻找家谱，就是为了让这一支能够连上家族的血脉，连上2300多年的老根！

我在电脑上翻着，翻着，终于看到外公的字迹了！当那熟悉的小楷出现时，我差点蹦起来。天哪，在经历翻天覆地的劫难之后，外公抄写的家谱真的跨越时空被好好地保存了下来，若他老人家的在天之灵能够知道，该是何等的欣喜和欣慰！

电脑上出现了外公誊写的家谱

在电脑上仔细阅读了外曾祖父撰写、外公抄录的《虞山重修世谱》的序和跋，从中我知道了陆氏家族许多分支都有自己的家谱，有些多达八十多世代，而我们的这本家谱，之所以称为"虞山重修世谱"，是因为我们这一支，明代中叶迁到了"毕泽"（该村在阳澄湖畔，现仍有很多陆姓居民，周围也多有带"陆"字的地名），明末又迁到"白茆"（今常熟市白茆镇），1909年我的外曾祖父带领全家又从白茆迁到了虞山镇。外曾祖父从庚午（1930年）夏月开始重修家谱，并命儿子熊祥（即我的外祖父）"敬录"之。这本家谱上承同治九年（1870年）修的《毕泽迁白茆陆氏宗谱》，后面接续了迁白茆和虞山后的十四世，待到全部完工已是辛未（1931年）春月，那时我妈妈已经出生，故上面也有了她的名字。

"家之有谱犹国之有史也"，外曾祖父在序言中带着自豪感写下了这第一句话。

该如何理解外曾祖父、外祖父和舅舅接续家谱的动力呢？该如何理解编纂家谱这样的文化行为呢？

虽然隔着岁月、隔着疆域、隔着屏幕，望着外祖父抄录的这份家谱，我还是感到这样的相遇有一种特别神奇的力量。

工作人员问我们要不要打印几页作为纪念，我们当然点头说"yes"。当女儿拿着打印出来的家谱照相时，突然有种很奇妙的感觉出现在我心里：死亡没什么可怕的，你看，我的祖先把他们的基因留在了我的身上，我这个存在，不过是一张巨大的基因网上的一个结点。通过2300多年的时间，这张网早已在空间上伸出了我们的原乡——山东那个叫作"陆乡"的地方，伸到了华夏各地，甚至已经伸到海外，目前看来还会继续延伸。在延伸中与异姓通婚，与异文化接触，也为陆氏后裔带来新的生命力。作为个体的我，生命虽然渺小而短暂，却连接着如此根深叶茂、生生不息的家族之树，这样一种存在不是很强大吗？

生生不息。有学者说，缺少宗教信仰的中国人，就是通过"生生不息"来战胜死亡恐惧的。

生，就是繁衍。生生不息，就是一代又一代地繁衍下去。

繁衍是一种生物本能。地球上的生物，不管是动物还是植物，都会努力繁衍后代，以延续自己的种群，或者反过来说，避免自己的种群衰亡。可同为生物的人，偏偏进化出了具有高级思维能力的大脑，我们有了语言、有了文字，还有了所谓的"自我意识"。这个说不清道不明的自我意识，能让我们提前知道一件事，就是"我"必有一死，只是不知道会在何时死，以什么样的方式死，于是死亡焦虑成了我们一生的"伴侣"。有人将这看作上帝与人类开的一个"终极玩笑"，还说"意识到死亡是人类智力的一大缺陷"，是我们为自我意识"付出的沉重代价"。

哈，"缺陷"也好，"代价"也好，人类似乎有的是办法来应对死亡焦虑，比如宗教、艺术、神话，以及"立功立德立言"等世俗方法。繁衍，或曰"生生不息"，或许是其中最基本、最主要的方法。虽然有人认为，用繁衍来追求永生是很原始的，但是它确实是我们中国人最熟悉、最喜欢的，甚至在某种程度上它也被神圣化了。记得在陕北插队时，一个家庭如果没有儿子传宗接代，就会觉得低人一等，总是要想方设法过继一个儿子来，还要用彩礼给他说上媳妇。

即便到了现代社会，也能从一些失去父母的人身上看到"根"的断裂对人的深刻影响。我在肿瘤门诊看到一个年轻的女孩，因为一项指标似乎不正常而怀疑自己患了胃癌，她的父亲正是不久前因胃癌去世的。另外一个女孩也是在父亲去世后，陷入了不停追问"我活着有什么价值"的自我怀疑中。她说："养育我们的人，就是造就这具身体的根。根没了，会让人质疑自己的存在。"

如果说繁衍是种本能的、生物性的行为，但是建立宗祠、编纂家谱，却是一种人类文化行为。通过这些人类文化行为，生物性的

"生生不息"被具象化、视觉化、凝固化了，似乎拥有了心理意义和社会价值。生死学研究者雷爱民说："血缘关系代代相传，家族姓氏不断传扬，如此一来，横向上看，在同一个时空中，与自己有血缘关系的人们似乎通过血缘联结在了一起，并扩大了自己的生命场域；而在纵向的历史时空中，后代与祖先血脉相通，仿佛亲人之间通过血缘联通了整个历史时空。如此，个人在横向与纵向交汇的人和事那里，就留下了自己的足迹，形成了自己的人格形象，甚至得到后世的纪念和传颂。"[1]

　　家谱将一代代后裔的名字连续记录下来，不仅为个体的人提供了"我来自哪里"的归属感，还提供了"我"不管死后去向何方都曾经存在过的价值感。也许，这就是我在看到家谱时，突然觉得死亡没有那么可怕的心理基础？而一个个名字纵向和横向串联起来所形成的网络，又何尝不是社会运行的基础与信息传播、社会支持、经济交流、文化传承的渠道？在疫情中，我从未见过面的一位同姓后辈小妹妹，挣扎于要不要从留学的英伦回国，虽然我未能给她多少实质性的帮助，但这种联结的存在对于当时孤立无助的她，还是一种安慰吧。

　　也许，这种通过繁衍、通过"生生不息"、通过家族传承来战胜死亡焦虑的方法，显得过于世俗，缺乏所谓的"超越性"，但我在旅行中，却不断发现这个方式并非中国人独有：我看到过有人将自己家族的基因图谱雕凿在墙上，作为房间的装饰；看到过墓碑上刻着一棵家族树，枝头上是几代逝者的名字；看到过古老的家族墓地，不知道有几百年历史，虽然经过整修现在已是一派现代风格，但透过玻璃，那一代代祖先的名字都清晰可见；我还看到过犹太人的墓碑上雕刻着九座烛台，烛台底座却是森森老根，那寓意不言自明……

　　人类或许是喜欢且善于"出走"的动物吧。从走出非洲开始，

---

1 《死亡是什么》雷爱民 著，北京大学出版社，2020 年。

不管因为何种原因，人类或成群结队，或独自上路，不断地离开所谓的故乡、故土、故国，去到遥远而陌生之地重新扎根。但与此同时，人类似乎也有一种回望与联结的本能，让他们一边出走，一边寻根，努力与自己的根保持联结。曾经获得普利策奖的家族历史小说《根：一个美国家族的历史》，就是黑人作者阿历克斯·哈利用了近 20 年去寻根，发现了自己的家族可追溯到七代之前的一个非洲人，他于 1767 年被作为奴隶运到安纳波利斯。作者说："人最宝贵的东西，是知道自己是什么人，是从哪儿来的。"这也是我到盐湖城寻根的心理动力吧。

很高兴不虚此行，在盐湖城看到了《虞山重修世谱》，让我连接上了那条蔓延了 2300 多年的根，那条我的外曾祖父、外祖父和舅舅顽强接续的根。今后不管我在哪里，不管生命中的惶恐、孤单、脆弱和死亡何时袭来，我都知道我曾存在过，并且仍然会以另外的方式存在下去。

在巴黎与爸爸重逢

辛波斯卡＼人生，无论有多长，始终短暂。短得来不及让你添加任何东西。

马库斯·图利乌斯·西塞罗＼逝者活在生者的记忆里。

爬上巴黎圣母院的塔楼，从卡西莫多出没的地方放眼望去，蒙蒙细雨中，整个巴黎都在眼前了！远处，埃菲尔铁塔在灰色的天宇中显示着工业与科技的力量，右边蒙马特高地上的圣心大教堂像上帝悲悯的眼神，左侧一片片古老的建筑中，先贤祠、荣军院的穹顶在述说法兰西的荣耀，而塞纳河，正在我的下方静静地流淌。

"谢谢你，巴黎！谢谢你，巴黎！"

我心里突然冒出这个声音。

那么长的缘分，那么久的等待，那么浓的思念，此刻，面对巴黎，我能说出的只有两个字："谢谢。"

我替爸爸谢谢你，巴黎！是你，在他生命的最后两年，带给他欣喜，带给他慰藉，带给他美好的梦，带给他艺术享受，甚至还带给他的职业生涯一份荣耀——他的人生，在新华社巴黎分社社长的位置上画上了句号。

爸爸，我带着你的地图来了

亲爱的爸爸，我来了，带着你当年买的巴黎地图来了。30年来，它一直默默地在你的日记本中间等待，等待我发现它，等待被重新装进背囊回到它的出生地，等待着陪伴我走进巴黎，与你重逢。

爸爸，不知道你听到自己要到巴黎分社任职时是怎样一种心情？我猜，作为一个曾经的文艺青年，你应该表面不动声色，内心却欣喜若狂吧？有多少大作家、大画家曾经生活在巴黎啊。你从十几岁就开始习画和大量阅读外国文学作品，虽然因为中国长期封闭，你1984年到巴黎上任时竟然不知道玛格丽特·杜拉斯是谁，但巴尔扎克、雨果、莫泊桑、乔治桑你一定不陌生，还有在蒙马特画画的"毕加索们"。

可惜，我在你的日记中并没有找到什么"欣喜若狂"，留在本子上的只是一些与工作相关的简报。也难怪，经历了那么多的政治运动，特别是十年"文革"，喜怒不形于色已经变成了你的本能，你大概没有时间、没有心境去关心自己的内心感受，更不要说白纸黑字地表达出来。

你曾经是巴黎的过客，进过卢浮宫，登过埃菲尔铁塔，乘过塞纳河上的游船，大都是陪着领导。也许，只有到了生命的最后两年在巴黎住下来，你才开始真正领略"世界之都"的魅力吧。只可惜生命太匆匆，你连一个任期都没有满就病倒了，就像波兰诗人辛波斯卡说的："人生，无论有多长，始终短暂。短得来不及让你添加任何东西。"

爸爸，不知道你是抱着怎样的期待来的，也许一切都与你的想象相差甚远。我从你的日记中看到，你几乎无暇去领略巴黎的伟大与美，不仅是因为时间，也是因为心境：巴黎分社的工作是那样繁杂，迎来送往让你不堪重负，盘根错节的人际关系让你厌倦疲惫。本来，你是那样热爱新闻工作，在来巴黎之前已经完成了《国际新闻采编初探》，那是你长期工作的经验总结，大概也算是在"文革"后填补了中国新闻界的空白。到欧洲的中心巴黎工作，应该是你职业生涯的一个新起点，但你却像一只困在笼中的鸟，希望振翅高飞却难以摆脱牢笼。到巴黎一年后，你竟然在日记中说这是"煎熬的一年"。

你有着记者的敏锐和责任感。发生什么事情，你总希望第一时间去现场。但巴黎分社只有一辆汽车，为了保证送往迎来和照顾大家，你这个首席记者常常不得不坐地铁去采访。好在 20 世纪 80 年代的巴黎，已经有了十几条地铁。当我钻进地铁，听到很好听的法语报站 "Opéra（巴黎歌剧院站）"时，我总是感到特别亲切，因为我知道那是你曾经经过的地方，那是你曾经听到的声音。

有时，完成了上午的采访，下午还有事情，中午无处可去的你，就会找个街边的公园或咖啡馆，用最便宜的三明治填饱肚子。那时的中国人都好穷，你进到"老佛爷"连连感叹那不是你买东西的地方，而现在"老佛爷"里中国人快要挤破了柜台。

我不知道你买过几张巴黎地图，也不知道你是否乘坐过这座城市的所有地铁，不过你在巴黎独自穿行时，并没有忘记自己是个记者。你捕捉着巴黎街头和地铁里的种种信息，感受这个城市的气息，了解它正在发生的事情。在你留下未能完成的遗稿中，我看到你收集的许多图片：被涂抹的巴黎地铁车厢、被砸坏的公用电话亭、街头的涂鸦、地铁车厢顶上的"勒庞万岁"和"勒庞＝法西斯"。你遗稿中有一篇《巴黎的"汪达尔分子"》，就是描述和分析在巴黎看到的街头的涂抹与公共设施的破坏。

爸爸，今天我揣着你的地图，钻进巴黎的地铁，也坐了你曾经坐过的 7 号线、4 号线、9 号线，快乐地穿行在巴黎的大街小巷。如果你能穿过 30 年的光阴和我对话，我猜你一定会好奇：巴黎，变了吗？

塞纳河边旧书摊

塞纳河边的旧书摊

同行的好友已经是第三次到巴黎了，但似乎还是没有方向感。而我，几乎毫不费力就搞清楚了大方向，因为塞纳河就是我认识巴黎的坐标，而且是比香榭丽舍大街重要得多的坐标——卢浮宫和奥赛美术馆坐落在塞纳河南北两岸，巴黎圣母院则在河中西岱岛上。

　　我猜，塞纳河对我而言，不仅具有地理上的意义，更具有心理上的意义吧——爸爸，你曾不止一次在塞纳河边徘徊过，你还留下一篇《塞纳河边的旧书摊》的遗稿。在遗稿中，你这样写道：

　　　　大概知识分子总是喜欢书。少年时代我在成都求学，每周至少要去两趟祠堂街、西玉龙街等处的旧书店逛逛，哪怕有时一本书也不买。后来到北京，更加沉湎于隆福寺、东安市场、琉璃厂的旧书店。也许那些是唯一吸引像我当年那样的穷学生的地方了。

　　　　到了巴黎，旧习未改，塞纳河畔的旧书摊又深深地吸引了我。一位作家在逛了这些旧书摊后说："看来，全世界沿着河流建立起来的首都或者大城市，只有巴黎似乎是唯一给人以美感又给人文化的城市了。"

　　　　的确，塞纳河畔的旧书摊是巴黎一景，或者说特殊的一景：这些旧书摊没有门窗，没有一般书店那样的书架，更没有柜台和梯子。它们建立在沿着塞纳河两岸矮矮的墙垣上，书店的"地基"就是墙头，在这个"地基"上钉上洋铁皮盒子式的小棚，大约一人多高，这就成了一个书摊。书摊的门面大小不一，有的长两三米，有的长四五米。它们出售的书画，有的摆在摊上，有的从洋铁皮棚顶端一直挂到地面，有的摆在摊旁的人行道上，显得琳琅满目，很吸引人。

　　　　这些书摊开"门"（实际是开锁）的时间没有准，有的天晴就开，下雨就关，有的风雨无阻，有的看老板的心情。这里老板就是售货员，他们往往悠闲地坐在书摊旁的躺椅上，任读者或游客浏览。

但是，就是这些小书摊，却以它有利的位置（都在塞纳河畔的人行道旁）、悠久的历史、独特的经营方式和它们收藏的丰富庞杂而又廉价的特点吸引着许多读者。有的常到这里来找寻某种绝版已久的著作的初版本；有的想购买十八、十九世纪的明信片；有人希望找到稀有珍贵的邮票；也许你会偶然在这里发现一本名作家亲自签名的作品；一个穷学生只花十几个法郎可以买一套名著。那些一度成为畅销书而现在不时髦了，或一时成为名作家而现在已鲜为人知的人的作品，要在新书店找到它们是很难的，但它们却往往摆在这些书摊上。

据说，这些书摊的传人——书贩——是1618年开始在小桥路对面的广场上发展起来的。说来也有趣，他们的书籍最初来源于靠近塞纳河的有名的"银塔饭店"附近的一些旅馆。住旅馆的客人看完书后，往往随即丢在房间里，旅馆的服务员把它们收集起来卖给书贩。那时这些书贩子胸前要挂一个铜牌，标明他们的职业。但是，这引来了圣·雅克大街上的大书店老板对他们的不满，因为只有这些大书店拥有在"新桥"设置流动书摊的权利。在1648—1653年法国的反专制的"福龙德运动"期间，这些书贩被指责出售反对国王的小册子，他们遭了殃，被驱逐、取缔，但是他们后来组织起来成立了自己的行会，并且真的发行了攻击政府的新闻通讯、小册子、传单，他们甚至攻击路易十五国王的摄政王乃至国王本人。他们还秘密发行从国外弄来的禁书。自然，他们又遭到驱逐，直到1822年他们才得到巴黎警察局的正式承认，这也是巴黎书贩的一段光荣史。当时在巴黎只有六十八家这样的书摊，书贩们白天到河边摆摊，天黑了就用独轮车把他们的书运回去，和其他流动小商贩一样。现在塞纳河畔已有约三百家固定的书摊，巴黎市有个委员会来管理它们。

据行家说，这些书摊还各有其特点，如 La Tournelle 的书摊，多半出售科学幻想小说与侦探小说。在 La Megisserie 则专门出售各个时期的明信片。有的则主要出售历史书刊与绘画，有的以出售文学作品为主。

现在塞纳河畔的书摊更是丰富多彩，他们还出售描绘巴黎与法国各地的风情画、世界各国邮票、历史名画复制品、古老的画片、流行的连环画……这里可以找到40年代初期的法国报纸，一份1944年的《解放报》用玻璃纸包着，标价40法郎（现在法国报纸每份四五法郎）。

当你有机会去巴黎的时候，千万不要忘了去浏览塞纳河畔的那些书摊，那是一种享受，你尽可以从容地徜徉，那浓密的树荫，汩汩的流水与这些参差的书摊映衬得多么和谐，你会觉得烦嚣顿失，而不虚此一行。

爸爸，说来有点遗憾，从外表上我没有遗传你的双眼皮、白皮肤，不过遗传大概也有外显和内隐之分吧，我深切地感觉到，在我的血脉中，也流淌着你对书籍和阅读的热爱。虽然，因为语言的隔膜，我无法像你那样享受在塞纳河边旧书摊上淘书的乐趣，但是能在依旧浓密的树荫下，看着这些书摊的主人做生意（他们中有些人果如你所说的"悠闲地坐在书摊旁的躺椅上"），看着天色向晚或者雨云聚集时，他们从容不迫地收拾书摊，锁起铁箱，我就好像又回到了你的身边——在春日的中山公园，在秋日的八大处，你带一册书，给我买几只果子，我们各自享受美好时光，尽管这美好时光是那样的短暂！

爸爸，也许我能告慰你的是，30年过去，塞纳河上浓密的树荫还在，汩汩的流水还在，岸边的旧书摊还在，让这一切得以保留的，我以为不是天时地利，而是一种文化的力量。

爸爸，作为书痴，你自然并不满足于塞纳河边的小书摊。你在遗稿中说：

> 当然，要看巴黎的书肆，还是要去东岸的拉丁区。
>
> 拉丁区是巴黎的文化区，而米歇尔大街一带，又是文化区的中心。一位朋友陪我经过一家又一家的书店，对他来说，这些书店是"如数家珍"了。他说，要买好书，廉价书，还是要去旧书店。我原以为旧书店只不过是一间小门面，卖一些第二手书籍。谁知道，我们走进去的几家旧书店，简直是一片书海！拉丁区的高楼大厦，不多，房屋多半比较古老，但这些书店内真是琳琅满目，美不胜收，在不同的角落摆着分类的书籍，精装的、平装的、成套的、散册的，应有尽有，全是开架的（我在国外尚未见过不开架的书店）。当你走完一个角落，浏览了众多书籍，以为就是这些了，但是，突然在你眼前出现一道狭窄的楼梯，沿梯而上，又是一片灿烂的书海……我真的被迷住了。我爱书肆远远胜过爱巴黎的"普里絮尼克"或"春天"等大百货商店光怪陆离的高级商品。

爸爸，当我写下这些文字的时候，我的第四本书《影像中的生死课》已经出版了。在后记中，我是这样感谢自己的先生的：

> 对中国男人来说，和一个喜欢买书胜过喜欢买菜的女人共同生活，不是一件很容易的事儿。我的先生韩朝华，多年来不仅以喂饱家中两个女人为乐事，而且对我不断买书、四处扔书的恶习一再容忍，还在我们买了房子后，允许我把其中的一间当作自己的书房——对于一个需要阅读、思考和写作的女人来说，一间属于自己的房间该是多么重要！男人宠爱女人有许多方式，但最好的方式是——让她成为自己。作为一个受宠的女人，我自然心存感激。

爸爸，读了这段文字，你会不会又嫉妒又欣慰又遗憾——你至死也没能拥有一间自己的书房，而我现在却可以坐在满屋子的书之间安静地写作（我的新家有两间书房哦）；不管怎样，我像你一样喜欢买书，热爱阅读，也是你生命一种独特的传承；而没能看到这位用最好的方式宠爱我的女婿，不仅是你的遗憾，也是他的遗憾——我深信，你会欣赏他，你们本可以成为忘年之交。

在杜拉斯墓前

爸爸，今天我在巴黎的蒙帕纳斯公墓里游荡。这次来巴黎，我先后看了四个墓地。第一个，当然是大名鼎鼎的先贤祠；第二个是拉雪兹神父公墓；第三个就是蒙帕纳斯公墓；第四个我排了三次队才如愿以偿，它是安葬了 600 万具骸骨的巴黎地下墓园。

或许你会奇怪：我的女儿怎么痴迷墓地？

爸爸，或许是"文革"中我较早地接触了死亡，或许是你的离开让我懂得死亡本是生活的题中之义，或许是我慢慢地接近了你的最终年龄而产生了死亡焦虑，这些年我在北师大开了一门"影像中的生死学"选修课，和年轻人一起探索死亡，探索死亡带给生命的可能性。因此，探访墓地就成了我的一个乐趣。

我猜你并没有到过蒙帕纳斯墓地，但也许去过拉雪兹。西方的墓地似乎更像是公园或者雕塑博物馆，并没有阴森的感觉，诗人里尔克甚至说墓地是巴黎"最浪漫的地方"。这不，这位头发花白的先生，正捧着一本书坐在波德莱尔雕像前读呢！

这个墓地里埋葬着许多名人，比如你曾经见过的玛格丽特·杜拉斯（写到这里我突然意识到，爸爸，你走得太早，我们还没有以两个文学爱好者的身份交流过！我们没有谈过萨特和波伏瓦，没有谈过波

蒙帕纳斯公墓中的读书人

德莱尔，没有谈过加缪，没有谈过马尔罗，甚至没有谈过巴尔扎克和雨果……这对你我都是多么大的损失，死亡在你我之间留下了一大片空白）。

1986年4月7日中午，你参加了"Ritz-Paris-Hemingway Award"记者招待会。这个怪怪的"丽兹-巴黎-海明威奖"，是为了纪念著名美国作家海明威战后居住过巴黎丽兹饭店而于1985年设立的，旨在表彰每年的最佳小说。招待会就在丽兹饭店举行，你在日记中说"这家旅馆真是保留了十九世纪的华丽，特别是举行记者招待会的大厅"。

获奖者正是玛格丽特·杜拉斯，获奖的作品是她的小说《情人》。爸爸你在招待会上向杜拉斯表示了祝贺，并希望她的作品能翻成中文。杜拉斯告诉你，她的作品已经两次翻译成中文。"后来我才知道，她的作品 The Lover 已被译成中文名《情人》，还有短篇小说也有中译本，这表明她确实是一个知名作者。"

是啊，爸爸，那几年你在国外，很难知道对文化如饥似渴的中国人，是如何拼命与隔绝多年的外国当代文学接轨的，你也不曾知道你的女儿多年订阅《世界文学》和《外国文艺》杂志，还买全了漓江出版社的"法国廿世纪文学丛书"。在你被政治运动和工作压力带离文学之时，我却从外国当代文学中获得了一种非文学的滋养：那是一种精神生活的向度，是对怀疑的允许，是对荒谬的开掘，是对平庸的解构，是对自由的追随。

我从背包中摸出一支笔，我把它插在杜拉斯墓上的花盆中——用这个仪式，向那些在 20 世纪 80 年代开拓了我精神世界的人们致敬。

在杜拉斯墓前插一支笔

法国人消失了吗？

在巴黎，我给了自己两次 special time（特别时间），一次是在协和广场，一次是在卢森堡公园。在这两段时间里，我只和自己在一起，不，我只和爸爸你在一起。

那天从橘园美术馆出来，我在协和广场边上静静地坐了很久很久。今天的协和广场很安静，广场中心的方尖碑大概和你当年见过的没什么两样，游人也仍然来自世界各地。我突然有个很幼稚的幻想：我眼下坐的椅子，也许是你当年坐过的吧？不知道1985年的3月30日，你在这里看到妓女游行时会是什么表情？你说她们戴了头巾、面具和太阳镜，"乍看起来像消防队的防毒大演习"，500多人，来自圣德尼大街，抗议警方阻扰她们在这一代操业。有些人还戴了"别碰我的伙伴"的反种族歧视徽章。

一年多之后的一天（1986年5月13日），你大概又是在采访间隙来这里小坐，却遇到了地铁罢工。也许因此你有了些许空闲，和一位法国老太太攀谈起来。那个老太太对你说，"再过20年法国人就消失了，因为人们不愿意结婚生孩子"，你由此看到了"外籍移民是个大问题"——真是大问题，在你离开法国，离开这个世界30年后，我在法国看到了形形色色的面孔，甚至疑惑：我这是在法国还是在美国？不同的族群带来不同的文化，有些变化已经十分直观，比如本来很安全的地方，现在已经不那么安全了，爸爸，这让我在享受法国文化的同时，也多了一些担忧——法国，会不会有一天变得不像法国了？

那天我从蒙帕纳斯公墓回来，特意一个人穿行了卢森堡公园，因为我知道，这个公园也曾带给你身心的放松，虽然那天你在日记上不无遗憾地说："这个公园有些雕塑，但天阴没有太阳，照相效果不好。"（1985年8月13日）

还没有走进公园，便已经看到了你所说的雕塑。顺着大道往里走，让我惊讶的是，这个公园不仅有纪念碑、雕像、喷泉和美丽的宫殿（曾经的皇帝别宫、现在的参议院）、帅极了的卫兵，而且还有多得数不清的椅子。它们并非固定在原地，而是可以任人随意搬动。我看到许多人就那么搬把椅子，在草坪上、花坛边，捧着本书读得津津有味。

卢森堡公园里的读书人

爸爸，你是个酷爱读书的人，我也遗传了你对阅读的酷爱。这次法国之行，我拍了一组"读书人"的照片，回来整理时发现很是有趣，似乎在哪儿都可以拍到读书的人，有人连等地铁的几分钟都手不释卷，而且很多低头阅读的人一看就是移民。

法国人会不会消失呢？随着移民的大量进入，"法国人"的成分越来越复杂，纯种法兰西人真的被稀释了。但如果"法国人"不仅是一个国族概念，也是一个文化概念，而文化有其无形的力量在，我是否还能抱有一些希望，法国人是不会消失的？法国的优雅是不会消失的？

我叠一只小船

爸爸，你在巴黎时曾多次梦见你的妈妈。有一次你在日记中说，"醒来十分惆怅"。

1986 年 5 月 13 日，你又在日记中说，你做了一个拉车的梦，拉车的老妇人说你是 1925 年生的。

你出生的年份似乎一直没有搞清楚，你填表的时候写的是 1925 年出生，但似乎你也不甚确定。你去世后，1926 年出生的叔叔告诉我们，你比他大两岁，因此应该是 1924 年出生的。

或许年岁越长，你就越想搞清楚自己的人生，所以你才会做那个梦。那个梦里拉车的老妇人是谁？是深爱你的妈妈吗？也许做这个梦的时候，癌细胞已经在你的肝脏里悄悄生长了，你的潜意识已经告诉你自己时日无多？你梦见拉车的老妇人，梦见她告诉你出生于 1925 年，便是潜意识开始对生命进行回顾吧？

后来，你写了一首题为《我叠一只小船》的诗。在 1986 年 10 月 9 日的日记中，你说你将"几个月前写的"诗《我叠一只小船》抄送给了一位老友。所以，拉车老妇人的梦和这首诗，应该都是癌细胞入侵你的肝脏之后。那时，你并不知道自己患了癌症，也不知道自己即将提前结束任期离开巴黎，更不知道你将会在家乡青翠的竹山上永远地陪伴自己的妈妈，然而最后一句"归来吧，远方的游子"，却似乎预言了一切！

我叠一只小船，轻轻地放到塞纳河上。

但愿它缓缓地漂流，流到大海，流到长江，

扬起你的风帆，流向岷江，向生我养我的土地问好。

我爱塞纳河，我更爱岷江，

我爱阿尔卑斯山，我也不能忘怀青城！

四十年前，怀着一颗迷惘的心，我走出观凤楼：

锦城的岁月，重庆的波澜，上海的人流……

我像一只离群的小鸟，栖息在北平古城，

——在这苦难的祖国！

四十年的岁月，催白了双鬓，催不老乡思。

巴黎正百花吐艳，成都坝子也铺了黄金绣了绿茵。

灵岩的钟声，青城的松涛，岷江的呼啸……

汇成一个声音：

归来吧，远方的游子！

几个月后，你告别巴黎"归来"了。回国8个月，你匆匆走完了自己的人生，留下一些再也无法写完的遗稿。

按照你的遗嘱，我们把你的一半骨灰带回家乡，葬在你妈妈的身边——那时我们还不知道，你的父亲和母亲，也就是我们的爷爷和奶奶，都是死于饥荒。爷爷从已经没有粮食的公社食堂出来后跳了岷江，奶奶死去前留下的最后一句话是"我饿啊"。

爸爸，我不知道你是何时知晓父母真正死因的，也不知道听闻之时你内心是否掀起过波澜，更不知道你内心的痛苦怎样释放。我是家中最大的孩子，随着年龄的增长，你似乎很想把我当作倾诉的对象，所以有一次你对我说，你是背着极为沉重的精神压力在国外漂泊的。爸爸，你知道吗，你的话当时把我吓住了！当时能在国外工作多么令人艳羡，你却说什么"漂泊"？！也许，亲历过"文革"的我，特别害怕听到什么秘密，我居然没有敢问你那些"精神压力"都是什么，来自哪里……

就这样，作为女儿，我错过了进入你的心灵世界、和你进行精神交流的"时间窗口"，也错过了了解你人生的宝贵机会！虽然后来我企图在你的日记中寻找蛛丝马迹，但偏偏那几年的日记不翼而飞。经历一次次政治运动，已经变得非常谨慎的你，即便在后来的日记中，也很少有内心情感的流露。

爸爸，我们把你的骨灰送回家乡，让你安睡在你母亲身旁，你那颗漂泊的心终于安定下来了吧？你知道吗，在你的墓碑上，我们刻上了：

灵岩的钟声，

青城的松涛，

岷江的呼啸……

汇成一个声音：

归来吧，远方的游子！

美丽的巴黎送别了多情的游子，你重回母亲的怀抱。你的墓前，一棵楠木正从小苗长成大树！

爸爸，走在巴黎的大街小巷，我觉得你像和暖的阳光，像拂面的清风，一直陪伴着我。虽然，我第一次来到这座被称为"世界之都"的城市，可是我一点儿都不觉得陌生。我可以自如地换乘地铁，可以随心地参观博物馆，可以沉醉在巴黎圣母院的钟声里，可以在圣心大教堂的台阶上目送日落。无论我一个人走到哪里，都不曾感到孤单，因为我手里攥着你买的地图。

爸爸，在你离开这个世界 28 年后，能和你在巴黎相逢，我觉得多么幸福！即使我的泪滴落在塞纳河中，即使在方尖碑前我模糊了双眼，我都知道那是因为爱仍然在延续，思念仍然在延续。你从未在我的生命中消失，我也从不需要时间来治愈——有些丧失和哀伤，不是斩断关系的刀剪，而是一个生命融入另一个生命的催化剂。

后记

冬春季节的午后，是我的 mini 旅行时间。

被新冠所困，不能走出国门，甚至出京都成了一件冒风险的事情，但是没有人能阻挡我 mini 旅行的脚步：

有时，只是在小区里溜达一圈；有时，去附近的店里挑一把鲜花；有时，钻进苗圃看狗狗撒欢；有时，在一排排叶子落尽的悬铃木中，找到与我的灵魂相近的那一棵……

我不在乎把寻常的散步说成 mini 旅行是不是矫情，因为于我而言，旅行的意义就是获得新发现、新体验，让渺小的自己能与更广阔的世界联结起来，让脆弱短暂的生命增加一些质感和色彩。

昨日的 mini 旅行中，我走到了小区最深处，惊讶发现靠近小区围墙的一大排二层小楼，不知道什么时候变成了"鬼屋"。我忍不住踩着玻璃碴爬上去，走进那些空荡荡的屋子，从洞开的门窗里往外看，绿色的柳芽正在风中肆意飘荡，玉兰也绽开了紫色的花苞。

春来了。人去了。

"人"在空屋中留下了存在过的痕迹：红红的春联还贴在门口，像一小团希望之火；在鹅黄、樱粉、天蓝、草绿的墙壁上，画着气球、蝴蝶、凯蒂猫，像梦幻的童话世界；一家三口用简笔画画了自己的头像，下面写着"飞飞、熙儿和杰杰的家"……

曾经把这里当作"家"的人们，也许并不知道这是"违建"，但没有讨价还价的余地，他们只能在仓促中带着过日子积累下来的大小家什，带着不同滋味的生命故事，去往"别处"。

生活真的在别处吗？

没有答案在风中飘。我只知道，他们在此处的生活，被硬生生地打断了。

有人说，"人是时间单位"。不知道地球上还有没有别的动物，能像人一样对时间有着敏锐的感知，并且依靠时间来掌控自己的生活乃至生命？

据说，对时间的感知让人拥有了思考未来的能力，这对我们从猴子演化为人类至为重要。当我们祖先能分清"过去""现在"和"未来"，能在大脑中感知时间的延续性，就能超越当下，超越对大自然的全然依赖，通过对未来的筹谋、规划、投资，创造出新的生活。我们的祖先也在时间的延续性中，开创了空间的延续性：定居，建立村庄、城镇，建起神庙、宗祠，筑路、架桥，让物产流通起来……

时间的延续性和空间的延续性交互，让个体能在其中延展自己的生命，人类则在其中不断创造着被称为"文化"与"文明"的东西。

有时，为了重启或重构新的生活，人们会主动地打断生活的延续性，停下本已过惯了的日子，去寻求更好的生存与发展。留学、创业、移民等等，便是主动地"打断"。

但还有那么多被动的、被迫的打断：战争、瘟疫、天灾人祸等等。所有被迫的"打断"，都会造成生活秩序的失控，引发心理秩序的紊乱，带来焦虑、悲伤、愤怒、无助、失落等情绪，有时还会造成严重的心理创伤。

三年来的新冠疫情，就是对人们生活的一次突然而严重的打断，且是持续性的打断：随时可能出现的封控、不断被取消或改变的计划、开学时间的延迟、被迫关停的企业，就连我志愿服务的安宁病房，也因为不能接收外地的病人，不得不中断了一段时间。被"打断"的，还有那些无法得到及时救治的生命……

"延续性"似乎变成了一种幻象，生活变得"支离破碎"了。

人该到哪里去寻求勇气、智慧和力量，来面对这支离破碎的生活，来整合这支离破碎的生活，让它能继续延续下去？

疫情前的最后一次旅行是去西班牙。我和堂妹晓英从巴塞罗那坐了五六个小时的火车，到了北方城市毕尔巴鄂，当天在古根海姆博物馆流连到晚上八点，第二天乘坐公交到了小镇格尔尼卡。1937年4月26日，德国空军突袭这座不设防的小镇，轰炸机扔下炸弹，机关枪对着人群扫射，整个城市被炸成一片废墟，数千人死伤。人们平静的生活，被这从天而降的灾难打断了。

让我们知道这段历史并追寻至此的，不是书籍，而是毕加索的名画《格尔尼卡》。

这幅画的画面中没有完整的形象，没有飞机，没有炸弹，毕加索将那些悲惨、痛苦、恐怖、残暴的意象，如被践踏的鲜花、断裂的肢体、号啕大哭的母亲、仰天狂叫的求救、断臂倒地的男子、濒死长嘶的马匹，变成一个个碎片，再组合成完整的画面。支离破碎的黑白灰色块拼贴在一起，反而产生巨大的精神张力，施暴者的兽性与残酷，受难者的恐惧与绝望，画家的愤怒与悲悯，在看似凌乱破碎的画面上升腾，让观者感受到撕裂之痛。一个朋友告诉我说，他曾经梦见过一只叫作"格尔尼卡"的怪兽，它由巨大的白色方块、黑色方块，巨大的白色菱形、黑色菱形组成，像是被打散又不断组合的拼图，一边变形，一边在街上游荡，令他恐惧不已……

毕加索似乎一下子就抓住了格尔尼卡事件的本质：它狂暴地摧毁、撕碎了人们对于生活延续性的想象。

也许是西班牙人在历史上经历了太多的撕裂与中断吧，西班牙的艺术家似乎很善于通过创作，把破碎的东西重新整合起来，变成新的、美的、拥有更强生命力和更高生命能量的东西。

看看高迪的作品吧。在他设计的米兰之家、巴特罗之家、奎尔公园中，到处都有单色或多色的马赛克拼贴，有些材料是规整的，构成美丽的图案，但更多的材料是破碎的、形状不一的，它们被贴在墙壁、烟囱、雕塑、花坛上，在阳光下闪闪发光，艺术家的幽灵也像孩童一样在其间游戏着、玩耍着、欢笑着……

原来，打断、中止与破碎，需要通过创造来整合、来疗愈。

当我的生活也被疫情搞得支离破碎时，我写作。旅行中一旦相遇就永难相忘的瞬间、阅读与观影中升腾的思绪，我的生命中有多少美丽的马赛克？

2019 年 11 月，我妈妈去世了。她罹患阿尔茨海默病 13 年，我也在陪伴中写下了一些零星的笔记。于是，在新冠开始肆虐的头半年，我把这一堆马赛克整理出来，写成了《给妈妈当妈妈》一书，交给广西师大出版社出版。

华章心理的陈兴军先生读了这本书后问我：你下面想写什么？我说，没想好，也许是写一本关于墓地的书吧，这些年出去旅行，去了不少令人印象深刻的墓地呢。他说，也许可以扩展一些，不拘泥于墓地，写写您在旅行中的生死思考。

我感觉自己的写作热情一下子就被点燃了！

从 60 岁开始海外旅行，到疫情席卷之前，我已经走了 20 多个国家，大部分是和朋友自由行，少数是跟团游。常有人问我：为什么同样一个地方，你总能看见别人看不见的东西呢？其实，奥秘在于，不论是跟谁一起旅行，不论那个景点有多少游客，旅行都是非常个人化的事情。你离开自己的家门时，并非白纸一张，你过去的生命故事，你的知识储备，你内在的感知力，你的好奇心，都会一路跟随着你，让你选择一些地方，放弃一些地方；看到一些东西，忽略一些东西；在某些地方匆匆而过，在某些地方停下脚步；在某一瞬间热泪盈眶，在某一时刻全然无感……。走着走着，你就形成了自己的旅行偏好和风格。

在旅行中，我也尽情享受美景和美食，也有许多欢快的时刻，不过最让我沉迷于旅行的，却是那些心灵被触动的时刻。也许因为我总是把旅行和阅读、观察、思考联系在一起，和我关注的问题连在一起，于是才看见了别人看不见的东西，获得了别人所没有的感受。

这些年，随着年龄增长而来的，是我人生的重要课题：如何面对生命的有限性？如何面对身体机能衰退带来的恐慌？如何面对疾病对自由的蚕食？如何面对必然要来临的死亡？我对于生死的探索，从阅读、观影开始，逐渐延展到讲课、工作坊、心理辅导、旅行和写作，直到进入死亡的最前线，成为在安宁病房服务的志愿者。

好吧，既然疫情让我不能出门，就抓紧时间把旅行中的生死思考写出来吧，它们不仅发生在墓地，也发生在许多的地方。

所以，首先得感谢陈兴军先生，你点燃了我写这本《旅行中的生死课》的热情，让我在被疫情拘禁的日子里，用写作来陪伴自己、疗愈自己、创造自己。

当然，说到旅行，就不能不感谢那些和我一同在海外自由行的朋友：杨眉、高一虹、郭军、周为民、张少云、栗兰、王晓英、秦志军夫妇和王玉兰……，还有我的女儿韩雨歌。我们彼此壮胆，相互陪伴，各司其职，各展所长，一起完成了一个个在异国他乡的小小"探险"。同时，也感谢你们包容我在旅途中偶尔的小任性。

感谢我的弟弟和妹妹。这些年每当我出去旅行时，都是你们陪伴在患认知症的妈妈的身边，让我能放心地上路。

感谢我的先生韩朝华，在我出国旅行时，你是风筝上的那根线，是我离家远行时踏实的大后方；而在国内，你开车载着我旅行，滚滚车轮驶过了千里万里……

感谢参加过我的课程"影像中的生死课"和"自助旅行与自我成长"的学生，你们年轻的面庞与发亮的眼睛，让我记住了："你灵魂深处 / 总要有这样一个地方 / 永远在海面漂荡 / 在半空中飞扬 / 永远轻盈永远滚烫 / 不愿下沉不肯下降……"

感谢广西师大出版社的刘春荣先生、刘汝怡编辑和她团队的姑娘们。你们对于出版事业的热爱，对于作者的尊重，让写作的人仍然能在喧哗与骚动中保持一份信心。

感谢那些所有为旅行，特别是为自由行提供了方便和技术的人们，这会是一个很长的名单，也会是个很有趣的名单，从 Lonely Planet（《孤独星球》）的作者，到无数应用程序的提供商；从那些令人印象深刻的民宿主人，到网上无数慷慨分享攻略的"驴友"。没有他们，我很难想象我们可以这么畅快地出国旅行。

也感谢命运，让我在过了六十岁后，还能拥有旅行的热情和能力！

大地多么辽阔，可我什么时候才能重新上路？疫情过后的世界是什么样子？

一切都还未知，我只知道，我需要带上一根手杖了！

2022 年 6 月 26 日